日本新锐作家文库

三十七 薄闇シルエット

[日] 角田光代 著

侯为 译

青岛出版集团 | 青岛出版社

图书在版编目（CIP）数据

三十七 /（日）角田光代著；侯为译 . — 青岛：青岛出版社，2022.6
ISBN 978-7-5736-0253-4

Ⅰ . ①三… Ⅱ . ①角… ②侯… Ⅲ . ①长篇小说—日本—现代
Ⅳ . ① I313.45

中国版本图书馆 CIP 数据核字（2022）第 078223 号

USUYAMI SILHOUETTE
©Mitsuyo Kakuta 2006, 2009
First published in Japan in 2006 by KADOKAWA CORPORATION, Tokyo
Simplified Chinese translation right arranged with KADOKAWA
CORPORATION, Tokyo through CREEK & RIVER Co., Ltd.

山东省版权局著作权合同登记号　图字：15-2020-377 号

书　　名	SANSHIQI 三十七
著　　者	[日]角田光代
译　　者	侯为
出版发行	青岛出版社
社　　址	青岛市崂山区海尔路 182 号（266061）
本社网址	http://www.qdpub.com
邮购电话	0532-68068091
责任编辑	霍芳芳
封面设计	今亮后声·任晓宇
插画设计	尔凡文化
照　　排	青岛佳文文化传播有限公司
印　　刷	青岛双星华信印刷有限公司
出版日期	2022 年 6 月第 1 版　2022 年 6 月第 1 次印刷
开　　本	32 开（889 mm×1194 mm）
印　　张	10.25
字　　数	140 千
印　　数	1—5000
书　　号	ISBN 978-7-5736-0253-4
定　　价	49.00 元

编校印装质量、盗版监督服务电话　4006532017　0532-68068050
上架建议：日本 / 文学 / 畅销

译序

现实而尴尬的三十七岁

角田光代，1967年生于神奈川县横滨市，毕业于早稻田大学文学系，在读时就已发表多部"青少年小说"。1990年，23岁的她凭借《幸福游戏》获第9届海燕新人文学奖，自此在日本文坛崭露头角。1996年，以《假寐夜晚的UFO》获野间文艺新人奖。作为小说家，角田光代无疑是成功的，2003年她凭借《空中庭园》获妇人公论文艺奖，2005年凭借《对岸的她》获第132届直木奖，之后她又相继斩获包括第32届川端康成文学奖、第2届中央公论文艺奖、第40届泉镜花文学奖等日本文坛大奖，俨然拿奖拿到手软的"获奖专业户"。角田光代凭借实力跻身于日本当代最杰出的女性作家之列，与吉本芭娜娜、江国香织一同被誉为当代日本文坛三大女作家。2010年起，随着小说《空中庭园》《对岸的她》《三月的邀请函》《第八日的蝉》等不断被译介，角田光代在我国也受到读者的认同和喜爱。

角田光代笔耕不辍，现如今已完成一百多部作品，相继斩获各项大奖。她的作品不仅体裁多样化，既有长篇小说、短篇合集，也有大量的随笔散文，而且题材更是多种多样，涉及儿童文学、爱情、婚姻、亲子关系、家庭、母性与母爱的矛盾、后泡沫经济时代、犯罪、悬疑、科幻、历史等。

作品中的主人公多以社会底层被边缘化的女性为主。女性在日本从来都是"弱势群体"，而角田作品中的主人公可谓"弱势群体中的弱势群体"。在崇尚"丛林规则""弱肉强食""物竞天择、适者生存"的极度商品化社会中，这个群体更易遭遇自生自灭的命运。作者在很多作品中表达了主人公强烈的无助感、绝望感。

同时，作品隐喻式的标题更是富于奇思妙想，如《幸福游戏》《空中庭园》《树屋》《对岸的她》《第八日的蝉》《纸之月》等，会给读者留下很多想象的空间。目前已有多部作品被改编为影视剧，深受大家欢迎，这得益于作者的描写方式近似于电影文学剧本，镜头画面感、代入感非常强，有利于引起读者和观众的共鸣。

对于中国的读者来说，角田光代的很多具有现实意义的作品也能给人带来思考和启迪。角田光代曾说过："我写作的初期阶段非常注意字斟句酌，每写一行我都会想怎样才能写得很棒……我就改变方式，想要达到把作家的姓名掩盖起来后人们读完不知道这个作家是谁的效果。我想成为一个'匿名作家'，为达到这个效果也花了很长时间。我一直在努力，想要吸引各位读者不断地读下去。我想用好看的故事，而不是我的文风，来吸引读者。"

中国有句话叫"梅花香自苦寒来"。据说角田光代幼时不善言表，但上小学时初次写作文就得到老师的鼓励，这激活了她的文学创作"永动机"。她读大学时专攻文学，由此更加如虎添翼，厚积薄发地创作出了大量好作品。

角田光代的这部《三十七》，描述了三十七岁的女主人公小华（这部作品中没有真正意义上的男主人公）独立生存、创业奋斗的社会实践和心路历程。

大学毕业后的小华为了实现心中的梦想，和千智合伙开了一家二手服装店进行创业。她在结婚适龄期不结婚，致已交往多年的男朋友终于失去耐心另觅芳草并迅速闪婚。大学同学大都已结婚，有的甚至闪婚闪离多次，连合作伙伴千智也在离婚后重新找到了结婚对象并重新开启了另一番新事业。

后来，她虽然通过交友聚会开始与某男交往，但在约会时发现其有变态嗜好而无果而终。布绘本创业初始，她在拿出自己的创意找贵理惠指导后，到了策划推广时却发现自己在项目中被边缘化……

就在她东奔西走为创业、为梦想忙碌的某一天，她忽然意识到虽然自己已三十七岁，却一无所有，有种周围的人都在改变，只有自己被抛下了的感觉，内心深感焦虑与迷茫……

但是，她想要什么样的三十七岁呢？人生中的三十七岁应该是什么样的呢？按部就班地就业、结婚、生子、做全职主妇吗？可以说在社会上设有为数众多的门槛，就业、结婚、生育……人们被催促着急于跨越那些门槛并为脱离现状、谋求继续发展而深感焦虑与不安。

可是，小华并没有按照社会上的这些门槛按部就班地结婚、生子，当她听到男朋友得意扬扬地说"我们是要结婚的啦！理所当然嘛！我必须妥善地为她着想哦！"时，她顿时心生反感，心里反问为什么结婚是理所当然？为什么我必须让他妥善为我着想？为什么男朋友拥有做出这种决定的权限？当男朋友说结婚后仍可继续工作、可以做自己喜欢的事情时，她心里反问为什么非要得到他的同意不可呢？同时，她也在心中反感未能直率接受求婚的自己，内心充满了矛盾与挣扎。

可以说，她既不想变成母亲那样的手工自制狂，也不想变成像妹妹那样围着老公及两个孩子转的全职家庭主妇，也不想像千智那样背离开店初衷成为名媛贵妇，更不想像男朋友那样在社会上随波逐流。三十七岁的她不想结婚却想恋爱，因为不想忍受孤独寂寞……

三十七岁，是一个现实而尴尬的年龄，当感情处于空白期、事业处于瓶颈期时，青春渐逝、韶华渐远的她到底会如何面对、如何坚守、如何选择呢？又是如何去接受人生中要面对的平凡又琐碎的现实，继而不忘初心、迎难而上地坚持在创业的路上，实现更有生存实感的人生呢？……

这部小说与很多日本作品相同，作者不会在作品中直接探究问题的原因并提出解决方案，但或许"当局者迷，旁观者清"，相信读者能从作品的暗喻元素，如自制蛋糕、月亮、手帕、微暗剪影、绘本、夜空星辰等这些关键词汇中得出各自的感悟。

最后，我想说的是，漫漫人生路上，不管前进的道路如何,既然选择了就要坚定不移地走下去,因为那样更有生存的实感。

侯为

2022 年 3 月 1 日

目 录

译序
现实而尴尬的三十七岁
1

母亲的自制蛋糕
1

月亮与手帕
37

微暗剪影
81

我的自制蛋糕
129

记忆的绘本
169

婚礼蛋糕
207

夜空星辰窗里灯
255

母亲的自制蛋糕

实在是无聊透顶，我一进居酒屋心里就有这种感觉，可连自己都不明白原因何在。我一言不发，只是笑眯眯地坐在武田君旁边喝酒。借用纪子和村野君的话来说，我是带着"虽然姗姗来迟却最终获得快乐的女人"的表情喝酒的。最后，酒钱是由村野君和武田君付的。当发现武田君并非真心替我买单，而只是为了向村野君和纪子装大方时，我虽有些扫兴，但还是彬彬有礼地点头说了声："感谢款待。"

我和武田君在大厦门前向那两人道别，随即赶往末班车时刻将近的电车站。微温的空气浸润着夜晚，既不像春季，也不像夏季。武田君似乎余兴未尽，自顾笑着对我说这说那。

武田君理所当然似的与我同行去我的公寓。我俩重复着以往的模式，照旧在离车站不远的便利店买了些啤酒、香烟和下酒菜，然后漫步在杳无人影的住宅区。

虽然没有下雨的迹象，但夜晚的空气相当湿润，种植在各处空地上的樱树在夜幕中浮现出繁密枝叶。昏暗中，路边模模糊糊地立着一个橙色邮筒，武田君在那里叼上香烟点着火。他从这里开始吸烟，走到我的公寓时刚好吸完，即可避免在街道上丢弃烟头。他自顾喋喋不休地讲述明天的日程。

虽与往常并无区别，但我对这一切都感到烦躁不已。武田君得意忘形时那种自说自话式的唠叨，在便利店里毫无节制的购物习惯，夜幕中家家户户的寂谧，他驻足邮筒旁点烟时的驼背，在我身旁忽亮忽暗的如豆火光……

登上三楼，我拧动钥匙开门，武田君跟着我进了房间，在门厅里的烟灰缸中揉灭烟头。他这个习惯性动作也令我气愤不已，而特意为他在门厅里准备烟灰缸的自己又是怎么回事儿？

在武田君冲淋浴期间，我就坐在沙发上边喝啤酒边看电视。从浴室里传出的武田君那自鸣得意的歌声，听起来很不靠谱，而且难以判断是谁的歌。

"先让我洗，谢谢你啦！"

武田君只穿着紧身短裤、套着Ｔ恤衫就从浴室里出来了，他用貌似习惯性的动作从冰箱里抽出啤酒坐在沙发上。他的脊背仍如往常一样没能全部擦干，Ｔ恤衫已被浸湿。

"小华，搬家的事也得考虑了吧？虽然我搬来这儿住也行，但如果那样的话，怎么说呢，不是跟以前没什么不同吗？感觉不到你明确的态度嘛！咱们明天别看电影了，去房地产公司看看？"武田君边喝啤酒边说道。

"是啊……"

我含混不清地应答着站起身来，放下没喝完的啤酒进了浴室。

"浴室还是带窗户的好吧？"从更衣间传来武田君的声音。

我回应说"是啊"，可他好像没听到。

"是吧？"武田君叮问道。

就在几小时之前，武田君向纪子和村野君宣称："我们是要结婚的啦！理所当然嘛！"当时是说哪件事引出这个话题来着？好像是纪子喝多了，用上年纪父母般的语气问："你俩今后打算怎么办？"记得在上个月的生日聚会上，村野君就感慨万千地提到了年龄问题："小华都三十七岁啦。"不管怎样，总之他们是在为我的将来担心，而武田君则是为了回应他们这种担心，表示："当然是要结婚的啦。"

这话我可是第一次听说，我根本不知道武田君考虑跟我结婚。最近武田君的举止有些怪异——为了从临时工晋级为正式职员而参加考试，对商品公寓的房价提出个人意见，谈论公司的年中年末福利奖金、大龄女性生育的是与非。这些只不过是他那个年龄提出的言论，我并不认为其具有什么实质性意义。他都已经三十七岁了还在做临时工，实在是太不容易啦！或许就是想模仿那些极为普通（走上社会）的三十七岁的人而谈论奖金和退休金吧。所以我只是苦笑着随声附和。

我想，当武田君在我们共同的朋友面前像宣誓般表明决定结婚时，我应该感到高兴，或者热泪盈眶，或者握拳振臂吧，可我只是目瞪口呆地望着他的面孔。纪子和村野君似乎都把我这种表情理解为"激动得说不出话来"，并夸张地表现出欣喜若狂的样子。"太好啦！太好啦！小华！你的等待太值啦！你们前前后后在一起的时间也够长的啦！虽然也曾短暂分手过，但还是重归于好，这说明你俩还是有缘分。你跟这样的人结婚真是再好不过啦！"于是，我也慌忙把张大的嘴巴闭住，扮演一个到了三十七岁终于得到幸福的女人角色。我笑逐颜开，又羞羞答答，做出对突如其来的求婚不知所措的样子。武田君当时越来越得意忘形，不是吗？这女子和我都这么大年龄了，我必须妥善地为她着想哦！再怎么拖延也不能过三十五岁吧？此前武田君对我连"结婚"的"结"字都没说过，而这时却当着朋友的面突然提起这事，而且说起来振振有词，好像自己特别风流潇洒。

　　实在无聊透顶！他怎么会那样想？这家伙真傻。

他怎么会那样想？唉，简直烦死人啦！我怎么从刚才起就老想这事儿呢？

我冲过淋浴后返回起居室，只见武田君没正形地躺在沙发上。我关掉电视机，盘腿坐在地板上，望着窗外，把刚才剩下的啤酒全部喝光。此时啤酒已没有冰爽感，只剩苦味在舌间扩散。夜空紧贴在窗玻璃上，云间有几颗星星在闪烁。视野中忽然闪现出格外硕大的明星，仔细再看却是飞机，正以极缓慢的速度横穿夜空。

我从武田君扔在沙发边桌上的烟盒中抽出一支烟，走到阳台上点着。从三层楼的阳台能俯瞰整个住宅区，几乎所有人家的灯光都已熄灭。有些人家晾晒的衣物尚未收回，还在阳台上随风飘舞。

我把吸至根部的烟头扔进空罐，然后回到房间，俯视着在沙发上已经睡着的武田君。他面部发红，打着呼噜，从半张着的嘴边流出几厘米长的透明液体。

我忽然醒悟到刚才感到无聊透顶的原因——武田君太得意忘形了。正是他的得意忘形令我目瞪口呆。

"我们是要结婚的啦！理所当然嘛！我必须妥善地为你着想嘛！"武田君就是这样说的。为什么结婚是理所当然？为什么我必须让他妥善为我着想？为什么武田君拥有做出这种决定的权限？为什么当我对他的决定装出笑逐颜开的样子时没有任何人表示怀疑？

我从浴室里取出毛巾被盖在沉睡的武田君身上。他一直纹丝不动，断断续续地打着呼噜。我关掉起居室的灯走进卧室拉上窗帘，只留下床头灯并在枕边焚香，然后，坐在床上按摩足底。

我想起与此相近的情景——生日蛋糕，那是在我离开老家前的十八年间从不缺席过的鲜奶油草莓蛋糕。

我母亲是个手工自制狂，除了双肩背包之外，凡是允许带到学校的学生书包、供餐袋、网球鞋袋、烹饪实习规定携带的围裙，有时还有罩衫和裙子、竖笛袋、口风琴包，都是手工自制的。当我回到家里，那些零食点心也都是母亲手工自制的。我家餐桌上从未摆放过现成食品和冷冻食品。即使在我升入初中和高中之后，这样的制作依然持续不断地升级。对于母亲来说，出现非手工自制物品就意味着她在偷懒，而偷懒对于热衷手工自制的母亲来说，就是最严重的罪孽。在父亲、我和妹妹过生日时，总有母亲自制的蛋糕登场，而且，每次都是鲜奶油草莓蛋糕。

我曾在蛋糕店里吃过面点师制作的蛋糕，当时受到的震撼至今仍记忆犹新。我那时还是高一学生，同班同学幸子带我去了繁华街，奔向那家网红蛋糕店。名为草莓蛋糕的切块蛋糕与母亲做的基本相似，而我吃到嘴里却惊讶不已，那种美味真是无与伦比，我甚至激动得哭了。幸子吓了一跳，好像以为我生长在吃不到蛋糕的家庭，还对我说了些安慰的话语。我一边哭一边点了其他蛋糕，萨赫蛋糕、蒙布朗栗子蛋糕、橙味吉布斯特……吉布斯特到底是什么东西？虽然我不懂，但也超级好吃，简直停不下来。在付账时，随身带的现金不够，还跟幸子借了三百日元。这就是个贫穷家庭里从没吃过蛋糕的孩子，我给幸子留下的这种印象似乎更加强烈了。后来，幸子依然带我去蛋糕店，有时还是她替我买单。

母亲在生日时做的蛋糕并非不好吃，而且还应该算是美味可口的那一类，然而，那也只能算是非专业面点师做的美味蛋糕。在品尝了专业面点师做的蛋糕后，我就觉得母亲自制的蛋糕显得很寒酸、土里土气、因循守旧、太老套。

但是，母亲却对自制蛋糕能让庆生之人获得幸福笃信不疑，依然乐此不疲。为了不惹母亲伤心，我就吃了她亲手做的蛋糕。虽然吃了，可当我考试成绩下降或连续预支零花钱时，母亲就会拿出俨如手工制教教祖的威严和傲慢宣布："下次生日不给你做蛋糕了。"我心里顿时产生了扫兴、悲悯、烦躁、想骂人的狂躁情绪。真是个无聊透顶的女人！青春期的我暗暗诅咒。你以为自己做的蛋糕有多好？在世界上，不，哪怕不去那么远，就在大街上的老店里，也有数不清的美味蛋糕。你就是用一百年时间也做不出那么好吃的蛋糕，而我花五百日元就能买到。

母亲如今依然深信自己做的蛋糕是我、妹妹和爸爸的最爱。我一回老家，即便不是生日，她也要亲手制作。我已经不再暗暗诅咒母亲,因为我已然成年,能够做到毫无怨言地品尝那寒酸、土里土气、因循守旧、老套的蛋糕了。

实在无聊透顶!我刚才在居酒屋时的心情与我在高中时期对母亲的自制蛋糕的心情完全相同。武田君为什么自信我听到结婚这个词时就会高兴呢?我停止按摩足底,与自己映在白墙上朦胧的影子对视。至今已进行过无数次对话的自己和武田君,有没有在那些话语的深处好好认识对方的姿态呢?

"哎哟!你怎么这样啊?怎么不把我叫醒呢?"

武田君拖着毛巾被走进卧室,刚进门就呀地惊叫一声并后退了几步。他望着门边摆放的人体模特咋舌道:"我每次来都会被它吓一跳啊!你这个趣味不好吧?而且,这房间好像有味道!"

他做出夸张的动作躲过人体模特闪进房间,随即上了床。

"小华,来个晚安啵啵呗!"

武田君说完在我的嘴唇上舔了一圈,随即咕咚地倒在床上靠墙的半边。他那带酒味的气息留在我的嘴唇边。我从床边站起身来,去洗脸间漱口之后返回卧室。我发现自己对占领我半边床的恋人心生了强烈的愤怒,顿时感到惊慌失措。然后,我轻轻地钻到武田君身边,伸手熄灭了电灯,映在墙上的影子倏然隐没在昏暗中。

我在二十九岁时与武田君相识。那时我和大学时代的朋友千智合伙经营二手服装店"切尔西",有位老主顾把武田君领到聚餐会来。我和他都经历过几次恋爱,于是抛开一切讨价还价的繁杂程序迅速接近了。武田君总是泡在我的公寓房里,在他找不到临时工作生活拮据时,我就雇他帮忙整理货架或熨烫衣物,并给他发工资。

但是,我们的交往只持续了两年,他又迷恋上一个年轻女孩,我们就分手了。武田君找了新的恋人,我就落了单。这个经历给我带来了痛苦,但并不像周围人所担心得那么强烈。我与千智合伙创办的二手服装店已步入正轨,收益也由不稳定转为稳定,而且进货不仅可以找批发商,还可以自己主动选货收购。我们在四处奔波之余产生了新颖有趣的创意,并争先恐后地将其转化为成品。虽然有几件失败,但另有几件——在内侧缝贴和服布料的复古式提篮系列,采购并销售吊灯和灯罩之类的照明器具,加入当时尚未普及的网络销售和拍卖等——进展较为顺利。我们从原先私铁沿线的孤立店铺迁至下北泽的背街租了门面房,虽说收益本身算不上突飞猛进,但依然日渐充实。我们的"切尔西有限公司"变成了"切尔西股份有限公司",而且有能力雇用临时工了。千智常常露出无所不知的神情对我耳语:"哎哎,现在想想,咱们也是经营者了呀!相当于一国一城之主哦!你不觉得这很了不起吗?那些跟咱们同龄的男人不是只能受公司驱使吗?"只做自己愿意做的事情依然能获得成功,这让我俩感到志得意满。

在日夜忙碌的间歇,我仍常常想起恋上年轻女孩的武田君。不过,这并非由于他是我曾爱恋过和怨恨过的前男友,而是因为他是令我怜悯的落败者。武田君与我同龄却靠打零工生活,他今后也只能这样天天被人驱使徒增年岁吧。他的生活与我在经营商店时体验到的激情和充实感根本无缘吧。他跟年轻女孩的恋情也会受到经济实力所限而变得惨淡潦倒吧。

在那以前,我心里根本没有"胜负、成败"这类词语,而与武田君分手就把输赢的观念根植于我心中。他输了,我赢了。因为与我分手,导致他的人生走了下坡路,而我的人生则蒸蒸日上,我认为就该变成这样。

武田君重又出现于我面前,是在我三十四岁的时候。当时我恰巧在店里,他满不在乎地进了门,就像根本没分别三年似的笑着说:"嗨。"

"哎!咱们去喝一杯吧!"

在下北泽的酒馆里,武田君告诉我,他恋上的那个女孩已经跟"正统男人"结婚了,他跟她的交往只持续了不到一年。"简直太没趣味啦!"武田君一边嚼着鱿鱼干一边说道,"我觉得她就是个没有趣味的女人哦!"听到这话,胜败输赢又在我心中微妙地交织起来。我感到失败的是那个跟"正统男人"结婚的女孩,而未选择结婚这种无聊行为的我和武田君则是赢家。

尽管我依然不完全明白输赢的定义是什么。

第二天,我在中午时分醒来。天气预报说是阴转雨,而实际却与之相反,晴空万里。我从冰箱里划拉了些剩余食材,想做一顿日式意面加沙拉的午餐。在我准备之间,武田君帮我洗了衣服。我抬起头来,把视线从锅中旋转的面条移向阳台。我总是懒得洗衣服,所以攒了很多。以前武田君就常常开动洗衣机,有时还帮我熨烫衣服,现在他仍毫不厌烦地晾晒我的小内裤、胸罩和打了结的长丝袜。在阳光的映照下,武田君的T恤衫和面孔泛着白光。

就是这个样子吧。我站在冒着热气的饭锅前想道。如果结了婚,大概日复一日都是这个样子吧。我就这样煮饭做菜,武田君在阳台上哼着歌晾晒衣物。我俩边吃饭边商量当天的日程,然后猜拳决定谁洗碗。我想,这一定会很快乐吧,心情平和安详,肯定会舒适惬意吧。

"我好像有点儿花粉过敏。"

武田君端着腾空的洗衣篮返回房间。

"真的？流鼻涕了吗？"

我赶紧把煮过头的面条捞进笊篱，倒进炒过蘑菇和鸡肉丁的平底锅。然后，取出冷冻面包片放进烤箱并定好时间。

"感觉眼睛有点儿刺痒。啊，我三十七年都跟花粉过敏无缘呢！"

武田君把咖啡机里的咖啡注入杯中。

我们对坐用餐，房间里寂静无声。阳光从窗口射入，映现出徐徐升降的灰尘。

"今天真的不去房地产公司？咱们可以从这附近开始看，有兴趣的话就坐电车去。"

"好吧！"我答道。

在武田君洗碗之间，我化了妆。大概就是这个样子吧。我又开始想象了。武田君洗碗时我化妆，然后出门去买零零碎碎的日用品。并非因为结婚就能发生某种重大改变，不过是在同一空间继续我们重复至今的生活罢了。已经不会有什么事情特别令人兴奋，取而代之的是安定平稳的日子吧。和和顺顺的生活已是板上钉钉的事情，因为即使不算那三年的空白，我们也在一起生活了五年呢！

从车站延伸的商业街上有好几家房地产公司，我们并排察看告示栏上的招租广告。"这里，挺不错的嘛！""还有十三万日元的小独楼呢！"从昨天开始，武田君就一直处于躁动状态，此时又频频发出惊呼声。我也就尽全力配合他高涨的情绪，但是，我心中根本没有具体的设想，看到任何广告和房间布局都无动于衷。

"怎么搞的呀？你为什么不说话？"

在站前房地产公司看到告示栏时，武田君终于注意到我兴致不高。

"我实在是搞不明白呀！"我答道，"你有没有预计要住多少房租的房子？既然是十二三万日元，那跟我现在的公寓房也差不多嘛！或者说我们的房子就很好啊！不过，如果武田君搬进来就跟没换房一样，意义不大。所以呢，我觉得不如再加点儿钱租十五万日元左右的才好。可是，租金咱俩均摊你愿意吗？"

我的公寓房租金包括物业费总共是十二万五千日元，武田君的公寓房租是六万七千日元。虽说他已参加过职员资格考试，但目前还是临时工，就连六万七千日元的房租有时他还会拖欠。如果单纯地把我俩现在的房租加在一起，就能住上十九万两千日元的房子，但是，我比他多付房租让我感觉很不公平。如果结婚将带来不公平，那简直是岂有此理！

"那倒也是啊！不过，租房花十五万日元太多了吧，还是十二三万日元比较合适吧。"

"要是这么说，也许进深再长些才能有大房间吧。"

"那就坐电车去别的城区看看？"武田君笑着说道。

我觉得这是武田君的优点。对于"我付一半很轻松，可你有这个能力吗？"这种容易冒犯对方的说法，他不会男尊女卑式地暴怒反击，而是能做到心平气和地客观对待。

我们上了电车。今天是休息日，下行电车里因为全家出行乘客较多而拥挤不堪。小孩们在车厢里跑来跑去，母亲扯着嗓子怒吼，婴儿车里宝宝哭喊不止，父亲把报纸打开，小学生站着玩游戏机。"今晚吃什么？"抓着吊环站在我身旁的武田君问道。"坐这趟电车的人们要去哪里？"我嘟囔道。"游玩呗。"武田君简短地答道。

我俩来到从未下过车的小城区，在商业街上察看房地产公司的广告。到了中午雾气消散，无聊感又渐渐涌上我的心头。这样可不好，我们正在物色新居，这是积极建设性的行动。我努力让自己兴致高涨起来，可情绪依然低沉，话也越来越少。而武田君的兴致却与持续上升的初夏阳气成正比，热情地、喋喋不休地唠叨。为了逗我开心，他过几分钟就问一次："吃冰激凌吗？""给你买个鱼形烤蛋糕吧？""歇会儿不？"因为他不会故意找碴吵架，我也就笑着礼貌地表示谢绝，做出专注审视房间布局图的样子。走过商业街，前方展现出与我的公寓周围大致相同的居民区。在住宅之间，还有租给居民种植的农田，一对年纪尚轻的男女正在劳作，发出爽朗的笑声。

就这样在住宅区转悠也没什么意思，我刚要转身返回商业街时，武田君突然狂喊："啊，那里。"我顺着他手指的方向望去，只见一排低矮屋顶间孤零零地挺立着一块招牌，上面写着"新建分售公寓样板间开放中"。

"只看一下，只看一下就走。"武田君边说边加快了脚步。

"哪能买得起？"我说完紧跟在他身后。

"不过吧，我已经想过了。小华不想住比现在差的公寓，对吧？可是，如果租十五万日元或十八万日元的公寓也太傻了嘛！而且村野君也说过，分售公寓的房间和配置绝对好，广告上也写着房贷比房租划得来呢！"

"我给你买个鱼形烤蛋糕吧？"武田君依然用关心的语调询问，我心中产生了些微的罪恶感。

位于住宅区中央的五层公寓楼正在施工，其中一套公寓已经完成，并作为样板间向公众开放。一位胸牌上写着"平野敬太"的年长男子领我们走进样板间。

"二位准备结婚吗？"平野敬太亲切地问道。

"确实是这样啊！"武田君也亲切地回答，还能听到他发出嘿嘿的笑声。

样板间确实不错，与此相比，我那十二万五千日元的公寓房简直就像贫民窟。大理石的玄关，清爽洁净的木地板，地暖，内藏洗碗机的整体厨房，宽宽的阳台，摆在卧室中央的双人床，大大的洗脸间，按摩浴缸，浴室还带窗户。这时，我觉得心中的无聊感像逃难幼蛛般散去。在装潢设计师精心设计的漂亮房间里，我踮起脚跟行走。平野敬太紧跟我们左右讲解各种设备及构造，并反复强调住在这个城区将来有了孩子也不必担心，窗外不会建起高层建筑。

我们像梦游病人般走出样板间，由平野敬太领到摆着桌椅的房间，在表格中填写了必要事项（武田君没写自己是临时工而是七年工龄的正式职员）。平野敬太催促"试一试""做个参考"，我们就请他做了房贷预算。三十五年的房贷首付五百万日元的话，每月按揭还款九万七千日元。

"嘿！感觉好棒呀！"武田君发出天真的感叹声。

"真不错！比我们的便宜多了。"我也不由自主地附和道。平野敬太得意地频频点头。

我们接过装着宣传小册子、核算清单和申报单的纸袋，走出还在施工的公寓。太阳依然高高悬挂，民宅里的树木把阴影投在步道上。

"哎！该考虑出手了吧？你看，这比租房划得来嘛！花十五万日元租房太傻了！不好意思，首付款就由小华解决吧！将来月供我就多付些，当上正式职员后工资也就涨了。倒也不是要马上决定，反正早晚都得买，去各处多看看也可以吧。"

武田君从迈出样板间后就一直说这样的话。不知从哪里传来钢琴声，弹奏者被同一个音符绊住并重复练习。某处响起烤肉蘸料的电视广告声，还能听到母亲呼唤孩子的喊声。虽然街巷中根本看不到人影，但处处都能感受到烟火气息。

"这里还有快速大巴呢！简直不敢相信呀！而且，浴室里有窗户哦！从窗口就能看到铁路。说到窗户，那起居室的窗户好大呀！起居室面积是多大来着？能装下三个我现在住的房间吧。我那公寓房还要九万多日元呢！"

武田君喋喋不休地说着，前方来到了商业街。我想象着在刚参观过的漂亮房间里生活的我和武田君，在墙上挂些装饰画，再摆些傻大傻大的观叶植物，卧室里要放一张大床，还要把武田君那多得可怕的CD都摆上。我那个总让武田君惊恐万状的人形模特就放进衣柜，把上架前的二手服装也挂进去。还可以叫来朋友聚会，再租块菜地种些茄子、萝卜什么的。我所想象的情景就像映入起居室的阳光一般耀眼夺目。那样一定会非常快乐吧，我试着在心里这样说道。那样一定会非常快乐吧。

"甩掉武田君的女孩也想住进那样的房子，如今她已经住上了吗？"

可我说出这种话来。武田君停下脚步俯视着我焦躁地说："你到底是怎么回事儿？从刚才起，或者说从昨天起你就是这种态度。你有什么不满意就说出来呀！人家兴致挺高，可你怎么只会讲这种泼冷水的话呢？"

他这是倒打一耙，常有的事，我早已习惯。武田君厌恶在自己高兴时被泼冷水。虽然他在刚开始时会取悦我，想使我兴致高涨起来，可当他发现目的难以达到时，就会恼羞成怒找碴吵架。

"想要什么？不想要什么？你有想法得告诉我呀！不然我怎么能明白呢？可你总是这样绷着脸发牢骚，我实在受不了。哎哟，真没劲！"

武田君从牛仔裤兜里掏出香烟叼在嘴上，随即点着火。他丢下落后几步驻足的我继续前行，烟雾向我飘来。

"我不结婚。"我对着武田君的背影说道。

武田君没回头，径直向前走去，无视信号灯跑过通往商业街的斑马线，背影迅速远去。"我还觉得没劲呢！"我向他回击道。当然，他已经听不到了。一个白色皮球飞过院墙，在干燥的柏油路面上蹦蹦跳跳地向前滚去。我从武田君的背影挪开视线，交替地望着滚动的白球和蜷缩在自己脚边的身影。

"我早就觉得姐姐哪里不对劲儿了。"妹妹奈惠从鼻孔里喷出烟雾,用认真的表情说道。

"哎,哎,华姨,你知道这个吗?知道这个吗?"奈惠四岁的女儿桃子,缠人地摸着我的膝头反复询问。奈惠六个月的儿子大贵,在她背上目不转睛地注视着我。

"不过,千智告诉我说,那样做是正确的哦!"

我环视一下奈惠家这间凌乱得无以复加的起居室,然后小声说道。

"千智嘛,就是那个同类?跟姐姐同岁的大龄剩女?她当然会说你那样做正确啦!因为如果如如出嫁,就剩她孤身一人了嘛!哎,我早就开始怀疑,你俩是不是非公开同性恋呀?这么多年共同经营一个店,从来没闹过矛盾。通常来讲,这是不可能的嘛!"

沙发上堆满了收回来的晾晒衣物,地板上凌乱地摆着桃子的玩具,其间还有用过的纸尿裤、袋装的葡萄干面包、漫画杂志、体育新闻报等等,屋角里落着一团团灰尘。这套公寓房在五年前刚买下时,也跟我上次看到的样板间一样洁净漂亮。当初,奈惠神经质般地里里外外仔细清扫,命令老公抽烟要去阳台。如果擤过鼻涕的抽纸被扔在垃圾篓外,她就会立刻发出哀号。

"不过吧,奈惠,对方得意扬扬地对我说:'我可以跟你结婚。'。这不是太气人了吗?这你能理解吧?因为就算他不跟我结婚,我也不会有任何为难嘛!"

我起身去厨房,从冰箱里取出蛋糕盒。这是我作为伴手礼带来的萨赫蛋糕。

"哪个盘子能用?"我在厨房里问道。奈惠回答说:"不用盘子也行。"

"姐姐,说到底你还是哪里不对劲儿哦!或者是思维方式,或者是性格,明显有扭曲的部分,跟普通人不一样。像'我可以跟你''你可以跟我'这些表达方式只是语感不同而已嘛!并不是说,因为采用'咱们结婚吧'这种表达方式,你就不会讨厌对方、你就愿意跟他结婚了哦!要不就是你有了更好的男人,所以在那个紧要关头忽然想起来了。"

我把蛋糕盒放在凌乱不堪的餐桌上,伸手直接捏了一块萨赫蛋糕吃起来。桃子爬上我的膝头，伸手来抓我正在吃的蛋糕。"桃子也要，桃子也要，桃子也要。"她在我耳边哇哇大叫。我另拿了一块递给桃子，她仔细地对比着自己手里的蛋糕和我手里的蛋糕。

"桃子，你要吃就好好坐下吃，妈妈最讨厌你站着吃东西了！"

奈惠突然怒吼起来，吓得我差点儿跳了起来。我常常想，她生孩子后是不是换成克隆人了？以前她一直是老实而内向，想去厕所不敢说，总是在教室里尿裤子，穿着规定的校服，背着厚厚的学生书包，在情人节买了巧克力糖不敢送人，自己躲在房间里哭着吃……

"你也自己动手做点心和小物件吗？"

我向拿起堆在沙发上的衣物坐在地板上开始折叠的奈惠问道。

"那些我做不了，做不了。我家是冷冻食品、粗点心和纸尿裤的大聚会，我根本没有功夫蒸红薯、碾红薯泥哦！我现在觉得妈妈实在了不起，即使再忙也要亲手制作点心，熨烫西装，还自制盒饭呢！"奈惠感慨万千地说道。

她觉得妈妈了不起吗?

"即使再忙,不也就是个家庭主妇吗?"

奈惠瞅了我一眼,停下叠衣服的手叼上一支烟。桃子吃完蛋糕想摸晾晒好的衣服,奈惠又怒吼道:"去洗手!要不会弄脏衣服!"桃子乖乖地跑向洗脸间。

"也许真像你说的,我哪里有点儿不对劲儿。哎,咱俩是同一个人生养的,我和你哪里不一样啊?结婚很精彩,是件美好的事情。为什么你能感到那当然是给自己带来的幸福,而我却做不到呢?"

我望着奈惠吐出烟团升起的方向呆呆地说道。被绑在她背上的大贵一边发出含混不清的韵母音一边手舞足蹈。桃子返回起居室,一头扑在奈惠叠好的衣物上。

"你有什么了不起?"

奈惠发出震撼房间空气的怒吼声。我觉得这肯定是冲着弄乱叠好衣物的女儿说的,而奈惠却盯着我看。

"不要嘲弄我好不好?"

奈惠把拿在手中的丈夫的袜子向我扔了过来。我不明所以，捡起落在地板上的袜子。

"反正我不会像妈妈那样做点心和蛋糕，连桃子的衣服也是买优衣库的嘛！钱也挣不了，而且没有电脑嘛！可那又怎么样？姐姐总是嘲弄我。反正你以前就一直很吃香，搭讪你的男人要多少有多少，所以脑筋才不对劲儿了嘛！你就算扮嫩不也就是个大妈吗？你一个大妈就别自我感觉良好地等待白马王子啦！"

奈惠甩开我递过去的袜子，狂吼着把桃子弄乱的衣物搅得更乱。桃子被吓得哭了起来，奈惠背上的大贵也开始闹腾。我不明白是什么突然打开了奈惠怒火冲天的电源，被她的气势汹汹吓得慢慢倒退。奈惠丈夫的衬衫，桃子的小短裤，掉在地板上的用过的纸尿裤，接连不断地向我飞来。

"你就只管得意地赚钱吧！把我和妈妈当傻瓜吧！"

奈惠甩出这些话之后，扑倒在地板上哭了起来。

"奈惠，我先走了，下次再来。"

我嘴里嘟囔着来到走廊，匆忙奔向玄关。"孤独死去吧！"奈惠的喊声从身后追过来。

我依然不明白发生了什么事情，离开公寓后来到薄云迷蒙的天空下。公寓旁的公园里，母亲们带着孩子快乐地享受户外活动。天色显得郁闷沉重，五颜六色的婴儿车和户外地席分外鲜明。

奈惠可能是累坏了吧。她丈夫正树最近好像因为忙工作回家晚，而奈惠又不是那种带孩子去公园户外活动的性格，恐怕整天都闷在家里，家务事越积越多，以至不知从哪里下手，想起经过美化而无所不能的母亲，就会被自我厌恶的情绪的折磨。我走在前往车站的路上，在心里说服自己接受奈惠不明缘由的骤变。

我跟武田君从那以后再没联系过，对方既没来电话也没来邮件，我也没主动联系他。我想，也许到此为止了。如果真的这样也好，还是这样好。可当我想到，以后我再与某个男人相逢，认清命中注定的缘分、心生爱慕之情、磨合生活习惯、了解对方并让对方了解自己，就又对这种漫长的过程厌烦不已。

我走过连接站前岔路转盘的人行横道，只见一个年轻男子在分发小包帕纸。因为走在前面的女子得到了帕纸,所以我想那男子也会递给我,可他并没这样做。我就有些惊讶,便不由自主地快步超过前面那个女子,并若无其事地扭头确认一下她的面孔,这是个浓妆艳抹的年轻丑女。我不由得浑身泄劲,沮丧地察看售票机上方的价目表。我找不到想去的站名,目光飘忽徘徊,忽然不明白自己该去哪里了。

我跟千智边喝边协商,过了十二点才回到公寓,只见武田君站在一楼的大信报柜旁。

"哎呀!你在等我啊!你不是有钥匙吗?"

我醉意未消,忘了上次吵架后的不欢而散,亲切地向武田君打招呼。

"我不知道可不可以进屋。"

三十七岁的武田君像挨训的孩子般嘀咕道。他手里还提着便利店的购物袋,可以看到里面装着零食和啤酒。我登上楼梯,他也乖顺地跟了上来。

"直率地讲,我真不知道你在想什么,想怎么做,不想怎么做。"

武田君一进房间就直奔主题。

"好啦,好啦,你稍等一下嘛!"

虽然此时醉意开始消退,但我还是故意调侃地说着,打开武田君带来的温乎啤酒灌进喉咙。

"哎,咱们认真谈谈呗!"武田君坐在沙发上说道。

"我认为,比结婚有趣的事情多着呢!"我怀着放弃的念头说道。

然后,我站起身来拉上窗帘,黑暗的夜空顿时消失在彩布后面。

"你想说工作很快乐,对吧?我可从来没说过叫你放弃工作干家务哦!我们可以做各自喜欢的事情嘛!结婚后继续做有趣的事情不也很好吗?"

我面对窗帘站立,喝下一口啤酒点点头说:"嗯!"

"如果你特别中意这套房子,那我可以搬过来住。而且,我也没说非得买分售公寓房不可。"

"嗯。"我再次点了点头,而心中的另一个我却继续调侃这个场景:有人催你跟他结婚呢!你是个了不起的女人哦!不过,我真实的想法是:自己怎么会碰到如此幸运的事情？一个相互爱恋还算情投意合的男人对我说：在一起过日子，不要我做家务，而且我可以做自己喜欢的事情。他这样说，我哪有理由反对？但是，另一个我又蠢蠢欲动，总想找碴对抗。做自己喜欢的事情也可以，做有趣的事情也可以，为什么都得经过他许可呢？即使他不许可，我也只能做我愿意做的事情。首先，你知道为了维持二手服装店，为了得到如今的稳定生活，我和千智是怎样打拼奋斗过来的吗？你明明知道还满不在乎地允许我可以做这做那吗？再不要得意忘形了好不好？

难道正像奈惠所说，这只不过是那种愚蠢的语感游戏而已吗？我真的性格扭曲了吗？

"我都不明白自己是怎么回事儿。"

我说着离开窗边，来到厨房察看冰箱里面，只有维也纳香肠和香菇，我就把它们切碎。然后，在昏暗的厨房里打着煤气灶火，放上平底锅扔进一块黄油。黄油块立刻融化，在锅底流散开。

"你只是想把该决定的事情拖后而已吗？只是害怕

决定而已吗？"背后传来武田君的声音。

"你凭什么这样说我啊？"我心里嘀咕道，随即把香肠放进锅里，"也许就是那样吧！"我又觉得让他说说也无妨，嘴上这样嘟囔道。这时香肠开始焦黄，我又把香菇块放进锅里。锅里发出哧啦哧啦的油炸声，我摇晃着炒锅，香菇块开始蔫软，棱角明显变形。我感到眼眶已被水滴盈满，为了不让泪珠落下，我慌忙用袖口擦眼。

我也想高兴啊！我也想不要找碴惹事，不要忆起母亲自制的蛋糕，对两人会有美好未来深信不疑，也想高兴地呼喊："哇！好开心呀！"为什么做不到？我自己也不明白。我不明白自己哪里扭曲了。我也明白自己是个讨人嫌的女人。

因为我一直等待泪水止住，黄油炒香肠香菇就有些焦煳了。我把菜端到茶几上，就着温乎的啤酒吃起来，武田君也默默无语地一起吃。我不仅把菜炒煳了，而且忘了加盐。我们都没说话，不停地吃着这种乏味的炒菜。

"我考虑一下。"菜吃光后我说道,"考虑一下,再跟你联系吧!"

武田君没说话。

"因为这事很重要,"我说出这句装腔作势的台词,"所以,今天你就请回吧!"

武田君露出很受伤的表情。我忽然想到,他在被年轻恋人抛弃后也一定是这种表情吧。我又想到,在听到武田君说他有了喜欢的女孩时,自己可能也是这种表情吧。武田君把吸了半截的香烟摁在烟灰缸里,随即站起身来。

"我知道了。"

武田君轻声说完就走向玄关,我脚步蹒跚地跟在后边。他蹲下穿鞋,我低头望着他。我想,如果我们现在和将来一直是十六岁或二十岁该多好啊,可我与武田君相遇既不是在十六岁也不是在二十岁呀!

"那再会啦!"穿好鞋的武田君视线在我胸部巡睃片刻,随即微微一笑。

"再会喽!"

我向他笑了笑。

房门打开,夜晚的湿润空气瞬间侵入,房门咣当一声关闭,走下楼梯的脚步声越去越远。我跑向起居室,拉开窗帘,推开玻璃门来到阳台。我凝眸注视仿佛飘浮在黑暗中的窄路,那里出现了走向车站的武田君的背影。他没有回头,渐行渐远。我正在失去什么?又正在得到什么呢?或是什么都没失去也什么都没得到吗?"再会喽!"我朝武田君远去的背影小声嘟囔道。

月亮与手帕

如果是这样的话，那就成立一个"纯爱之会"吧！千智表情极为认真地宣布这个决定，是在凌晨两点多的时候。在此之前，我们把批发商用电子邮件发来的新样品打印好进行比较，并商讨是否进货。到了近十一点钟，我们把店里收拾好，吃完饭回到公寓。就在短短几年前，哪怕是通宵工作也根本算不了什么，可是，如今刚过凌晨一点钟，我俩就都疲惫不堪，大脑开始变得迟钝，本应在十二点完成的工作却显得遥遥无期。在我的起居室里，夸张地散落着印有复古首饰和裙装的纸张、计算器、没吃完的零食袋、压扁的空罐等。

千智的眼眶下已经出现了黑圈。她突然喊出的"纯爱之会"与我在大概三小时前说的那件事相关，我领悟到这一点用了相当长的时间。

在我拒绝武田君的结婚请求之后，说不清是已分手还是未分手，总之处于几乎完全断绝联系的状态。在附近的居酒屋里小酌用餐时,我把此事告诉了千智。

"'纯爱'是什么呀?"我问道。

"就是没有终点的恋爱,为恋爱而恋爱啦!"千智头也不抬,一边在订货单上盖章一边答道,"既然有不想结婚的女人,那就会有不想结婚的男人吧。把不想结婚的男女撮合起来不就没问题了吗?"

"可是吧,千智,那种男人只是为了连着换年轻女人才一直不结婚的吧。我觉得,咱们并不包含在他们的目标当中。"

"那咱们也连着换吧!就挑那些不提结婚的、火候不到的男人。"

我拨开散乱的纸张躺倒在地板上。

"啊!我不行了。什么都想要,什么都不想要。哎,今天就到这儿吧?"

"那网络更新怎么办?"

"明天再做吧！明天小栗和小金都会来吧，让她俩看店，咱们就在里屋做更新吧！"

千智考虑片刻点点头说："是啊。"随即她把散乱的纸张收集起来，然后大大地伸个懒腰，像中年女人似的捶着腰。

"可以喝点儿啤酒吗？"她说完就大步流星地走过去，顺便给我也取来一罐。

"辛苦了！"我们举罐对碰，一时无语地喝着啤酒。千智没正形地坐在沙发上，而在前些天还是武田君坐在那里。自从那天晚上我从这个房间的窗口目送他远去之后，武田君就再没来过这里。这中间他倒是打来过一次电话，问我怎么样。我就回答说："跟平常一样。"稍停一下他又说："我职员晋级考试通过了。"我没说"恭喜"而是问"然后呢？"，因为我怕武田君再次提起结婚的事情。武田君嘟囔说："没什么，就这事儿。"随即转换了话题。

"千智，你今晚就住这儿吧！也就是睡个觉嘛！"

"是啊！找出租车费劲儿死啦！"

"咱俩换着洗澡,然后就睡觉。我给你铺被褥。"

"嗯,那我先借用一下浴室。"

我俩你一言我一语地说着,可谁都不立即开始行动,只是呆呆地喝啤酒。屋外传来落雨声,仿佛有欠热度的鼓掌效果。我推测可能是下雨了,却连起身拉开窗帘的气力都没有。千智从沙发上伸出脚去,把掉在地板上的杂志拨到身边,然后拿起来放在膝头翻看,微弱的翻书页声混杂在落雨声中。

"哎,这种女人,平时会不会也是这样啊?或者在没有摄影镜头的地方,也像咱们这样带着黑眼圈熬夜,顾不上化妆四处奔波,把房间搞得乱七八糟?"千智用含混不清的声音说道。

我瞅瞅她的手上,那是我上个月买来的室内装修杂志。在千智打开的那一页,有位最近常见其名的女设计师笑容可掬。专栏的标题是:参观工作室——本月关注的是设计师上条贵理惠。照片上的她直发及腰,身穿无袖连衣裙,在面带微笑的她的身后,展现出宽阔敞亮的办公室,整个墙面是落地窗,疑似定制的书柜里满是外文书籍，空无一物的大办公桌，造型复杂的灯具。那里既没有空零食袋，也没有喝剩的饮料瓶，也没有写错废弃的传真纸，感觉就像某种实验室似的无机质空间。

"多大年纪，这个人？"我坐在千智旁边，目不转睛地注视着杂志。最近，我一看到以这种方式活跃的女性，就忍不住要确认其年龄。如果在人物简介中看不到出生年月，我就会在心里哼一声。我渐渐对这样的自己感到厌恶。

"嗯……没写年龄。"

"哼！"我故意说出声来，"如果不化妆，肯定有黑眼圈哦！那个房间平时肯定也是乱七八糟的，在拍摄之前把杂物全塞进壁柜里了。哪里会有那么轻松的工作呀？"

"是啊！"千智嘟囔道。

她目不转睛地盯着照片，随即唰啦地翻了页，接下来是"新婚生活特辑"页。我漫不经心地看着千智翻开的页面想到，自己为什么买这本杂志来着？是为了改换图案，还是曾经短暂地考虑过与武田君一起生活？实在想不起来了。

"我感觉咱俩一直是这样啊！"千智突然说道。

我从千智手中的杂志上抬起视线，刚想说"行了，你赶紧去洗澡"，就醒悟到千智要说什么。

"咱俩从二十多岁起就一直是这样吧。只要维持这种状态，就不会觉得时光流逝、自己在变老。"

确实如此，自从二十五六岁开始做这门生意，我俩总是在我或她的公寓里忙到深夜，修整采购的旧衣服，清洗并熨烫，然后挂上价签。实在累得筋疲力尽就原地卧倒开始喝啤酒，有一句没一句地聊聊电视剧、餐馆、朋友以及恋爱等话题。即使在千智婚后，这种生活方式也不曾发生过变化。

千智在二十七岁时结婚了，对象是一位旅行代理店的男职员，我们外出采购时常去找他帮忙。在我俩开始这门生意的初期，千智就比我更尽心尽力地工作。在结婚之后，她依然毫不减少工作量。而且，不管是公私兼顾还是纯粹的私人旅行，她都会丢下丈夫出国。

在待处理衣物积累太多时,她就来我的房间彻夜奋战。另外,在节假日加班也不是什么稀奇事,她还把很多活儿带回自己家里做。我说:"你老是这样,总有一天会被老公抛弃哦!"她说:"我老公说他喜欢工作中的我呢!还说不用我做饭洗衣服,只要与他相伴就行呢!"千智骄傲地嬉笑着说道。

千智结婚一年后,她的丈夫辞掉了公司的工作。他说要以自由职业的形式做旅游全陪,却从未接到过业务订单。哪怕千智几个星期不在家或不做家务,他都从未说过什么。不过,他自己也从不做家务,在家里只是玩电子游戏或看录像。他们的婚姻过了三年即告破裂。

"简直太费钱了。"我记得千智这样说过,"我俩谁都不做饭,所以就得去餐馆吃;谁都不清理房间,就得找家政;谁都不洗衣服,就得送洗衣店。两个人的生活就得两个人的花销。他确实喜欢工作中的我,但不巧的是,我好像不喜欢既不工作也不做家务的他。"千智的语调很平淡,她对结婚持否定态度的理由是——结婚就等于毫无意义的大量花销。这个等式似乎早已深深铭刻在她的心里。

"小华,你这回被武田君放弃,恐怕是板上钉钉的事了吧。"

千智喝完啤酒,单手把啤酒罐捏扁并说道。

"可能吧,我也这样想呢!"

我躺倒在地板上,仰望天花板点点头。那晚武田君走在夜路上的背影淡淡地浮现在天花板上。我哪里不对呢?在六年前那次被武田君抛弃时我就曾这样嘟囔过。现在我也几乎要说出这句话,但我已经明白是哪里不对了。我没能跟武田君一起面向未来迸发激情,都是我不好。

"千智,"我起身招呼坐在沙发上的千智,"我要成为'纯爱之会'的会员,积极投入活动。"

"对呀!"坐姿没正形的千智嗓音倒是激情而洪亮,"除此之外,咱们没有别的幸福道路可走嘛!"

"那就再喝一罐啤酒吧!为成立'纯爱之会'干杯,然后就睡觉。"

我说完就冲进厨房。然后,我俩在散落着零食袋和打印纸的起居室里碰杯，大口灌下整罐啤酒。落雨声比刚才更大，挂钟秒针的响声同雨声共鸣。

我们以"纯爱之会"为名，举行了多次联谊活动。女士参会者有我、千智和几位朋友，以及在切尔西店的打工妹中尚未交友的小栗和里中。其他女士并不像我和千智这样持有明确的结婚意向，要不就是长期没有恋人，要不就是想尽快摆脱缘分已尽的现任，有的只是喜欢人多喝酒热闹。而男士方面则都是靠某熟人介绍找来的，名义上对结婚并不热心。

虽然自己觉得年过三十五岁还搞联谊会不太合适，但实际参加后就觉得没必要再想那些多余的事情。那些多余的事情就是——今后跟武田君怎么办？跟他分手之后一直独身生活吗？我是不是像妹妹说的那样真有某种重大缺陷呢？

男士中有各种人物。那位二十五岁左右的广告代理店员说，他组织了业余棒球队，而且就是为继续业余棒球运动而上班工作，还自豪地拿出球衣给大家看。

有个三十五岁的补习学校讲师，说他正在追星。那个四十岁的自由职业者，说他一直心怀当音乐人的梦想。那个三十二岁的地铁职员酷爱电车，已把我所不知的线路时刻表牢记在大脑中。

"然后呢，成果如何呀？"

我和妹妹奈惠对坐在兼营意大利菜的居酒屋里。她一边从鼻孔里喷着烟雾一边问我。上次我去她家时，她曾对我大发雷霆。而就在前几天，她却若无其事地打来了电话。她在电话中问我孟兰盆节期间是回老家还是怎么办。我回答说大概不会回老家，可她依然不肯放下电话，忽而提起韩国电影，忽而提起午间电视连续剧，说了一大堆无关紧要的事情。最后，她才有所顾忌似的问："我七月底去你那儿住可以吗？"

我跟奈惠在新宿会合并陪她购物，然后回到离家最近的车站，顺路把她领到这家居酒屋来。"你怎么突然想来我这儿住？"我问了好几次，她总是敷衍搪塞还反复地问我，后来跟武田君怎么样了？"纯爱之会"是怎么回事儿？参加联谊会的男人都是什么样的？……

"我还没情况呢,千智好像感觉挺好。"

我发现奈惠的扎啤杯早已见底,就叫来店员追加。

"感觉挺好?和谁?那个业余棒球男?电车迷男?追星族男?"

"那个男人好像有老婆孩子呢!"我凑近奈惠小声说道。

"呜呃!你们还跟拖家带口的男人开联谊会?"

奈惠突然狂叫起来,坐在角落里的男女朝这边瞟了一眼。奈惠呼出的气息吹得餐桌上的烛火剧烈摇晃,我们映在墙上的巨大黑影也跟着摇晃起来。

"不对,不对。那不是联谊会哦!交友会?我感觉就是那种。"

"呜呃!交——友——会?"

"你安静点儿嘛!那两人在看呢!"

奈惠把刚端上来的啤酒咕嘟咕嘟地喝下三分之一,然后又喊"可是、可是、可是……",看样子她兴致蛮高。

"他是哪儿的人?做什么的人?什么样的人?姐姐

你看见了吗？孩子几岁？没被他老婆发现吗？"奈惠伸过头来接二连三地发问。

打工女孩端着菜走来，奈惠立刻闭住嘴，屏气吞声地看着她把菜碟摆在餐桌上。昏暗的店内，打工女孩的侧脸被烛光照亮。她把意式金枪鱼、夏季时蔬泡菜、温泉蛋芦笋沙拉摆好，然后行礼离去。

"这女孩挺漂亮呢！"

奈惠刚才明明一直看着菜碟，可女孩离去后又说出这种话。

"真的，现在的女孩是挺漂亮哦！"

"那样的女孩会吃香吗？"奈惠把温泉蛋搅散。

"当然会吃香啦！长得那么漂亮嘛！"

"不过吧，要是大家都长得很漂亮，那就成了石子路上的玉石，没法儿吃香了吧。"

"不过，我觉得她会吃香。"

我们究竟在认真讨论什么呀？我一边这样纳闷一边答道。

"年轻人都是什么心态呢？"

奈惠含混不清地说道，随即把沾满糖心蛋黄的芦笋放进嘴里。

"那……千智的婚外情又算怎么回事儿呢？"她像突然想起似的问道。

这时，店门口的挂钟有所顾忌般地响起，两男两女四人组走进来。刚才那位打工女孩领他们去里面的座位。他们的爽朗交谈声一时充满店内，但很快就远去了。

在上次以充满困倦和疲劳的大脑庆祝成立"纯爱之会"几周之后，千智神情庄重地宣布："我现在要开始恋爱了。"在某次联谊会后的归途中，因为没喝够，我俩顺路进了一家酒吧。千智用宣布工作业绩般的语调平淡地告诉我，那个男子四十一岁，是制药公司的销售员，家里有三十八岁的妻子和一个上幼儿园的男孩、一个两岁的女孩。

"千智说，那些情况吧，她都清楚。既然自己不想结婚，那就跟不可能结婚的男人恋爱好了。嗯，就是这么回事儿啦！"

为了不再引燃奈惠的万丈怒火，在谈论选择拖家带口的男人去恋爱这种话题时，我的措辞十分谨慎。

"因为我没见过那个人，所以不了解，但照片我看过，用手机拍的，那就是个普普通通的大叔啦！不过呢，仔细想想，那个人的妻子、我、千智，年龄也都差不多，而我们也都是所谓普普通通的大妈了。我看到那个大叔的照片时就想到这一点，不禁目瞪口呆。"

打工女孩端来意面摆在我们中间，然后笑着问要不要均摊。"啊？你要怎样？"奈惠用高八度的嗓音反问道。"二位是要均摊吧？那我帮你们分开吗？"女孩保持着温和的笑容重复道。

"哦，你是要帮我们分开啊！好的，拜……拜托了。"奈惠结结巴巴地答道。

女孩站在桌旁，把蚕豆和培根奶油意面分盛在两个盘子里。奈惠依然握着餐叉，凝视着女孩的侧脸，那张脸庞跟她女儿桃子埋头看画书时一模一样。

"她说'均摊'，她说'均摊'哦！"

女孩离去后，奈惠猛地凑到我面前嘀咕道。

我俩喝光了一瓶红酒，还美美地享用了甜点，走出居酒屋已经快十一点了。结账时奈惠去了门外，当我出来时她凑过来问："多少钱？"

"行啦！你别管了！我请你。"

"不是啦！我只是好奇，想知道在那种店吃那么多要花多少钱！"

可是，奈惠不等我应答，就已开始在夜路上迈步向前。虽然天空毫无降雨迹象，但空气显得浓密沉重而湿润。来到住宅区前，街上已经没有人影，相同间隔的路灯照亮了溽热的夜晚。

"哎，我吧，自从生孩子后这是第一次外宿哦！哎，你能相信吗？我跟正树君为了一点儿小事吵架，心里就想我要离开家给他看看。可是，家里不是还有桃子和大贵吗？就算要离开家，我也不能说走就走。于是，我就做了个计划。就是说，我要在某月某日离开家，一晚上都不回去。大贵吃荞麦面条过敏，所以晚饭得吃其他主食。早饭如果没有葡萄干面包，那俩孩子就会大哭大闹，所以要补足数量。我听说如果大人嫌哄孩子麻烦就让他们看录像会引起情绪障碍，所以不要那样做。在把这些事情全都安排好之后，我终于可以离开家啦！可是呢，等我确定可以离开家了，清醒过来后又想不出该去哪里了。"

奈惠双手提着购物袋，趿拉着相当复古的拖鞋信步而行，朝着我或不如说朝着前方的昏暗夜幕滔滔不绝地讲述。

"桃子的'妈妈友'们都是街坊邻居，如果我突然闯进去不是给人家添麻烦吗？我初中和高中的同学都早已不联系了，短期大学的同学也只是互发贺年卡，而且在桃子出生后我连回信都断了。我家里又没电脑，现在大家发短信不是都用手机吗？我还没用过那种功能呢！因为我无人可发短信嘛！要说我的手机干什么用，就只是给桃子拍照，其实只是一部相机而已。于是，我就给姐姐家打了电话。可是吧，我不是一直宅在家里吗？所以，出来后感觉就像看到了另一个世界。"

"你太夸张了吧？"

"难道不是吗？就连庆生我们也都是去家庭餐厅

吃饭哦！有时还会去红龙虾餐厅奢侈一顿。我从来没听说过'均摊'这种词呀！刚开始都不知道她在说什么。"

前方快到便利店了。奈惠暂停了一下，随即感慨颇深地说："哦，便利店！"我在经过这里时，总会自然而然地想起武田君，想起他扔进购物篮里的那些并不急需的各种商品，我还能准确地记起那些商品的名称，像什么辣味薯片啦，冬季限定烤巧克力啦，朝日超爽啤酒啦，减肥可乐……现在想起来，就觉得那些都是明天依然共同生活的证据。

"哎，哎，我想去便利店。"

奈惠这样一说，我俩就像被白色灯光吸引似的进了店内。虽然住宅区街道上杳无人影，可便利店里略显拥挤。年轻的男孩们蹲在地板上看杂志，情侣在货架前一边打情骂俏一边选取点心，工薪族在物色盒饭。奈惠提着黄颜色的购物篮，像小孩似的撒着欢儿，接连不断地拿起我们以前常买的零食和酒类扔进去。最后，她还把指甲油和化妆水也放进购物篮，然后递给我说：

"你买!"

我实在不待见她这种理所当然的态度,不高兴地说:"什么呀?我还以为你要自己掏钱买呢!"随即接过购物篮去结账。

"因为吧,姐姐,我今天不是买过东西了吗?可那些钱都是正树君的哦!虽然算是我的私房钱,但也是从正树君的工资里偷拿的呢!因为我很生气,就想今天要爆买一回出出气。可是,用别人的钱根本就出不了气嘛!"

在等金发店员结账时,奈惠凑到我身旁这样说道。因为她喝醉了,所以说话嗓门很大。那个金发青年继续默默地算账,那表情就像没听见奈惠说话一样。然后,他在嘴里咕哝道:"三千三百七十五日元。"我一边向他递出纸币,一边想起奈惠在新宿"爆买"的东西,有桃子的连衣裙、鞋、帽子和小号泳装,还有大贵的超小号沙滩短裤、T恤衫和袜子,手机挂坠,一家四口用的印着姆明像的马克杯。这些对于奈惠来说,可能都是明天生活仍将继续的证据吧。我一边这样想,一边接过找的零钱。

"我早就想在晚上进便利店买买买了。"奈惠出门后说道。

"你呀,又没住在深山里。你家附近不就有便利店吗?"

"那当然有啦!我每天都去呢!可是吧,我从来没在晚上快十二点时去买可有可无的东西哦!情侣们在返回某一方住所的途中,顺路走进便利店买啤酒以及第二天的面包和泡面,你不觉得挺浪漫吗?"

"这种浪漫太省钱啦!"我笑着说道。

奈惠结婚是在她二十三岁的时候。我推测,正树可能就是她交往的第一个男人。

"归途中的便利店也没什么意思嘛!"我补充道。我的声音颇为急切地传入自己耳中。

"哎,姐姐,千智和姐姐为什么都不想结婚却要恋爱呢?"奈惠抬头望着夜空问道。

"那是因为……"我也随着她仰望夜空,心里琢磨接下来该怎样说。月亮的轮廓模糊不清,像即将消融似的。"如果不恋爱的话，一定会很郁闷无聊吧。"

我没找到明确的答案，就这样半开玩笑地敷衍。但奈惠没有笑。

"是吗？说得对呀！"她连续快速地点点头。

前方出现了我的公寓，走过信报柜旁之后才想起，刚才我还寻思武田君会不会又站在那里。

"纯爱之会"在初期时还热热闹闹，可是到了八月末，相关活动就冷落下来了。千智也算暂时有了恋爱对象，我对同陌生男人们聚会喝酒也开始感到厌烦，而且工作也非常忙碌。虽然朋友们好像还在持续搞联谊聚会，但其目的与其说是为了恋爱云云，不如说变成单纯缓解精神压力的一个环节了。在此期间，有个男人不时地与我联系。

在七月中旬的某次联谊会上，我与一个姓笹尾的男人相遇。他是电脑程序员，三十四岁，既没有妻儿也没有情侣，是个正儿八经能成为恋爱对象的男人。我从当初参加联谊会时就已知道，他没有结婚意愿。我记得，他当时特别一本正经地说过，除了结婚，是不是还有一种新的方式、一种未知的关系呢？

我曾同他吃过两次饭，第一次去的是啤酒花园，第二次去的是日料餐馆。笹尾特别善于倾听，总是静静地点头附和，在我不知不觉间斟满酒杯，所以我兴致勃勃、滔滔不绝。我跟千智合伙开店的事情，我跟雇用的打工妹多次吵架的事情，美国二手服装与英国二手服装的区别，想做的事情与赚大钱之间永远的鸿沟……不管我讲什么，笹尾都是一边听一边笑着点头。

我们在车站前道别，没有做出径直前往某一方住所那种孩子般的举动。我独自走在闷热夜晚的归途中，思量着要不要继续与笹尾交往。可是，在我终于走到家时，却怎么都想不起笹尾长什么模样了。于是，我就凝眸反复回忆，却必定想起笹尾的手帕。因为他总是带着经过熨烫并叠得十分工整的手帕。他就用每个角都对折得整整齐齐的大号手绢，像懂礼貌的孩子般擦拭额头上的汗水。第一次是苔绿色的手帕，第二次是白蓝格纹的手帕，在参加联谊会时用的是浅柠檬色手帕，我就只回忆起了这些。

我下班回到家里，打开电脑查看电子邮件。如果有新邮件提示，我最先想到的也许就是笹尾而不是武田君了。笹尾每周都会发来一两封电子邮件，没有强加于人的感觉，而且保持着绝妙的距离。我一边读邮件，一边交替回忆起那三种手帕。

"虽然忆起的是手帕，但这或许就是恋爱。"我泡在澡盆里特意说出了这句话。因为如果不发声说出"这或许就是恋爱"，我就难以明确自己的心态。虽然这样说令我十分难为情，但我确实不清楚这究竟是怦然心动，还是想为枯燥乏味的日子烘托气氛？我跟武田君交往太久，似乎已经忘了与人恋爱的感觉。不过，这或许就是恋爱。当我说出第三遍时，心里就产生了些许愉悦感。我比平时更仔细地清洗身体，时隔多日又哼着歌磨掉脚跟的死皮。

我从停车场已经走了相当远的路。平时很少走远路的我现在气喘吁吁，速度也慢了许多。我一直不知道,离都内没多远的地方,居然会有这种像森林一样的地方。

笹尾笑着说:"像森林太夸张了,而且,这里大致全是都内范围哦!"他推着我的背说道。

枝繁叶茂的林间能看到蓝天,虽然残暑仍在肆虐,但高远的碧空和云朵的形状都已显现秋意。脚下铺满了湿润的树叶,在树林围绕的土路上漫步,这种感觉已经阔别了多久?就在我想这些事的时候,忽然听到"咻——咻——"的不熟悉的声音。笹尾把食指竖在嘴唇上说"嘘——",然后静止不动仰望天空。我也停下脚步,呆呆地望着天空。

"刚才是绿啄木鸟的叫声。再向前走,肯定能看到它的身影哦!其实在夏季鸟儿种类才多呢!不过,今年残暑时间长,如果运气好的话,说不定还能看到短尾树莺和白腹蓝姬鹟呢!"笹尾小声说道,随即在我前面领路。

这次出行是笹尾的邀约。上次见面时他就说:"以前总是在晚上一起吃饭,下次在白天出去游玩吧?去奥多摩那边就有丰富的自然林木,散散步也能愉悦心情,而且,归途中还有一家特别推荐的隐舍式餐馆。"笹尾在电话中用透露秘密般的语调补充说,"那里还有个地点能看到很多稀奇的鸟儿。"我问:"鸟儿?"他用陶醉的声音告诉我:"那里有很多漂亮的鸟儿,简直难以相信那是真的活物,所以很想让小华也看看。"比起鸟儿,其实我更期待隐舍式餐馆,但我还是提高嗓门说:"哇!感觉就像郊游呢!真不错呀!"

走在我前边的笹尾身穿条纹衬衫和修身西裤,背着背囊。因为我此前只见过他穿西装的样子,所以就有些担心:如果他在休息日的今天换成我所不愿看到的装束出现可怎么办?但事实证明我这是杞人忧天。淡粉色短袖衫掖在石磨水洗的牛仔裤腰里,没系皮带,而且不是那种画有大幅卡通动物图案的肥大的运动套装,可以说属于帅气的类型。我停下脚步,从包里取出矿泉水来喝。望着笹尾的背影,我隐约产生了怦然心动的感觉。那种感觉跟二十岁时完全相同,我在一瞬间差点儿忘了自己的年龄。我对自己这种状态深感欣慰。

"再走五六分钟就有长凳,不远了,加把劲儿!"

笹尾回头笑着招呼我,并伸出手来。我把矿泉水收起,随即握住了他的手。这是男人的手,我心里这样想,甚至觉得重温这种触感已时隔百年。

阳光投在脚旁,映出歪斜的圆斑。双脚交互向前迈进,踩在湿叶和枯枝上发出咯吱、噼啪的轻微声响。

我突然想起高中时期,自己曾与某个男孩交往过半年。现在已记不起是怎样开始的了,我们每月有一两次约会。因为双方都不想让同学看到,所以我们总是跑到距离很远的城区。怎样做才可称之为约会,那时我们两人都不知道。我们只是去闹市区的商厦或是去游戏厅,此外就只管在大街上转悠。我遇见喜欢得要死的人了,当时十七岁的我这样想。我在日记本上连续地写下喜欢、喜欢、喜欢、喜欢得要死,还在对方的名字下面写了自己的名字,甚至写上将来出生的孩子的名字。如此一来,我就像喝了禁药似的心醉神迷,甚至沉溺于这种心醉神迷而用雕刻刀和木板制作了未来家庭的门牌。我太傻了，以为喜欢、死亡、结婚和家庭都是一回事并深信不疑。

"啊，刚才，看见了吗？一下子横穿过去的那个。"笹尾轻轻呼唤道。

我慌忙抬起头来，朝他伸直手指的前方望去。

"如果刚才没看错的话，应该是白腹蓝姬鹟的雌鸟。你仔细看树梢上面，也许就能看见呢！"

我抬头向上望去，树林梢叶形如展开的精巧蕾丝一般，高空只有飘动的云朵，根本看不到鸟儿的身影。可是，因为笹尾依然伸着手臂，我就一动不动地屏息望着他修长的食指。

上山坡度变得稍稍悠缓了些，向前再走大约五分钟就来到了一片开阔地。果然如笹尾所说，这里摆着一排陈旧的长凳。他一坐下就打开背囊，取出望远镜、小型磁带录音机、某种包裹。最后，他取出一本厚书递给我，封面上印着《野鸟图鉴》的字样。

"给你，我做的盒饭。虽说是盒饭，其实只是饭团而已。可以的话，你尝尝吧！"

笹尾难为情地边说边解开浅柠檬色的包裹——我曾见过的手帕。里面是仔细用铝箔纸包好的饭团，我数了数竟然有十二个。

"你好厉害！做这么多饭团很费劲吧？"我不禁惊讶道。

"嘘——"笹尾把食指按在嘴唇上，"要是说话声太大，鸟儿就不来了。这里面包的吧，是鲑鱼、梅子、鲣鱼干刨花、明太鱼子和米饭哦，还有煮海带和炒鸡蛋呢！不过，我没做记号，所以会有点儿抓阄的感觉。"笹尾小声嘀咕道。

我暂时先把《野鸟图鉴》放在旁边，然后拿起一个饭团剥开铝箔纸，这是个粘着紫菜的圆滚滚的饭团。我咬了一口，咸度刚刚好，里面的馅料是咸甜味的炒鸡蛋，这种饭团我还是第一次吃到。笹尾既不吃饭团也不说话，凝神巡视着周围。真是万籁俱寂。不，倒也有风吹树叶声和很少听到的鸟叫声频频传入耳中，但还是安静得令人感到意外。

"那棵树旁有个投食台，你看到了吗？里面放着苹果之类的食物。虽然现在还没有鸟儿来,但绣眼鸟和灰椋鸟等常常来吃食呢!而且这里离农田也很近啊!啊,来了!来了!在那里,松鸦大人驾到。你看见了吗?要是看不见可以用望远镜哦!松鸦吧,虽然外表是那个样子,但也是乌鸦的伙伴。它长得特别漂亮,让人根本想不到它居然是讨厌的乌鸦的伙伴。啊!这叫声就是刚才听到的绿啄木鸟哦!它在哪里呢?……绿啄木鸟真的特别美丽,所以我一定要叫它跟小华见个面……啊,在那里,那里,就是Y字形树杈之间!"

我把没吃完的饭团放在身边,赶紧用笹尾递来的望远镜朝他手指的方向望去。望远镜这玩意儿,我只是在高中去武道馆眺望远处米粒大的戴维·鲍伊时用过,根本不知道该怎样调整,所以只看到扭曲的树叶轮廓和金色的太阳光线。就在我望着渐渐扩大的景象时,突然发现自己并不想看什么绿啄木鸟和松鸦大人,于是赶紧装出努力寻找鸟儿的样子,集中注意力聆听笹尾的声音。平常话少的他此时却像孩子般兴致高涨,话语声令我产生愉悦感。就像刚才他向我伸手时一样,我再次产生怦然心动的感觉。

"如果咱们一走动，鸟儿就不会出现了。只要这样坐着一声不吭，它们就会从远处聚集过来。所以呢，你会不会觉得咱们好像都变成草木了？虽说这种情况极少遇到，但说不定鸟儿飞来没发现咱们是人，还会落在咱们的肩膀或胳膊上呢！我就喜欢这种感觉哦！"

笹尾迅速地转动眼睛，窃窃私语似的诉说着。他捡起从长凳上滚落的铝箔纸团，看都不看就吃。我挪开望远镜迅速瞟了一眼，确认他吃的是鲣鱼干刨花饭团。

笹尾说完那几句话就不再吭声，嘴里静静地咀嚼饭团，眼睛望着前方展现的树林。我把望远镜放在膝头，也继续吃饭团。第二个是腌梅饭团，个大肉厚的腌梅虽然不甜却很好吃。我屏住呼吸嚼碎饭团咽下，侧耳倾听各处回响的鸟儿鸣啭声，觉得似乎明白了笹尾所说的"变成草木的感觉"。

如果我们正式开始交往，一个月会有几次这样去附近的树林或河边吧。笹尾会为我做多得吓人的饭团或三明治吧。在完全看不到人影的大自然中，我们会像草木般依偎在一起凝视远方吧。我正在描绘悠适娴静的周末，眼前突然有个东西横穿过去。

"啊，鸟儿！"我禁不住喊出声来，却又担心再次被笹尾制止。

"好啊！你注意到啦！刚才是白腹蓝姬鹟，可惜是只雌鸟，也许还是先前那只。如果是雄鸟的话，那种蓝色才叫一个漂亮呢！"笹尾高兴地喃喃细语道，"你要是了解鸟儿的名称，就会发现相当富有诗意。有一种栖居在北海道的鸟儿叫'etupirika'，就是花魁鸟，名字很可爱吧？原名阿伊努语的'ctu'意为鼻子，'pirika'意为漂亮的。其实这是一种红喙鸟，它的嘴被看成鼻子了。哦，不过，日本语的'鼻子'跟'华'的发音一样，所以小华也是'etupirika'呢！哈哈哈。我现在最想见到的是三光鸟（紫寿带鸟）哦！哦，就是眼周、嘴都是蓝色的鸟儿。这个名称的由来实在太美妙了。它的叫声听起来就像日语'月亮，太阳，星星荷依荷依荷依'的发音，所以被人们称为三光鸟。哎，简直就像诗一般的世界吧？"

笹尾说话时没看我，意识集中在前方。然后，他说了声"请稍等"，就摁下了录音键，放在离开数米远的长凳上后返回。

"有很多喜爱野鸟的人都会准备特别大的相机，可我不擅长那个。要是再装上像火箭筒那样的摄远镜头，恐怕会吓坏鸟儿们呢！而且，最重要的是那样就不能变成草木了。哎，从刚才就一直能清楚地听到鸟叫声吧？这种叫声……最后是短促的'叽叽叽'的就是白腹蓝姬鹟，像发出'噼——哩哩哩哩'这种清爽叫声的就是黄眉姬鹟，像这种听起来像虫子叫声的就是短尾树莺，而这种有点儿急促的叫声……这是白颊鸟。"

我瞟了一眼笹尾，只见他闭着双眼。我也学他闭上双眼。当视野黑暗下来时，鸟叫声的音量就骤然增大。噼——哩哩哩哩、咕噜咕——咕噜咕——……在风摇枝叶唰啦唰啦的背景声中，我很少听到的各种鸟儿鸣啭声在耳中越来越响。现在我在哪里？会不会身处难以回归的远方？我心中涌起孤立无助的感觉，实在忍受不住，没到一分钟就睁开了眼睛。于是，我看到坐在旁边的笹尾就像全身都解放了似的轻松自在，仍然闭着双眼仰面朝天，嘴角浮起柔和的微笑，前裆不自然地鼓了起来。

我下意识地闭目扭头躲开这种利刃切腹般的情景，慌忙把视线转向饭团，随即扯开手边的铝箔纸团咬了一口。这个饭团是明太鱼子馅。噼——嘿嘞嘞嘞嘞嘞、喊喊喊喊、喊喊喊喊、喊啾——喊啾——喊啾——、叽叽叽叽……看不见身影的鸟儿发出的叫声，听起来就像是嘲笑我的妖怪之声。我发现，自己被阳光映成黄色的胳膊上起满了鸡皮疙瘩。尽管如此，笹尾那仰望天空的侧脸仍像遥远国度的雕刻般美丽。

爱其所爱并对其所爱产生某种生理反应倒也无可厚非，我对此具备充分的理解能力。哪怕是我所完全不了解甚至无法想象的世界，我也会理解所谓年增岁长可能就是这么回事儿。像我这种生活在旧衣堆里的人，在与旧衣无缘的人眼中就是奇怪世界里的居民吧。

不过，自从漫步林间那天以后，我就不再有怦然心动的感觉了。而且，我也不再磨脚跟死皮，也不再染指甲了。虽然在下北泽的店里和自己家时依旧频频查看电邮，但并不是因为在等笹尾的来信，只是想确认有没有旅居伦敦中介同业者的进货信息而已。

我现在最大的期待就是将在十月份同千智去英国旅行。我们决定，在与旅居当地的日籍合作同业者协商业务之后，就去享受纯粹的休假时光。下班回家途中，我去千智家对几种旅行指南做了比较，经过商讨列出想去游览的景点名单。餐桌上摆的送餐比萨饼残骸都没收拾，千智就去厨房拿来一瓶红酒。

"这款红酒简直太棒啦！我留着它，就是想到会有派上用场的时候。可是因为总没机会用，咱们现在就把它喝了吧！"

千智说着就把起塞器扎进瓶塞，用双腿夹住酒瓶拔塞，可是，她怎么都拔不出来，脸色渐渐发红。

"怎么办？拔不出来。"

我从几乎要哭的千智手中接过红酒瓶，也夹在腿间双手全力向外拔,可瓶塞纹丝不动。

"烦人!太可惜了!可能你把起塞器扎歪了吧。"

"这可怎么办?"

"算了,使这么大劲儿都拔不出来,忍忍吧!等他来了再说!"我说着就把扎着起塞器的红酒瓶放在地板上。当我说到"他"时,千智的表情出现了细微的变化,我装作没看见。

我和千智各自卧在沙发和地板上翻阅旅游指南,不时抬头对扩大经营餐具相关业务和旅程后期乘船去爱尔兰等公私兼顾地交换意见。千智的公寓面朝大街,连续不断地传来汽车驶过的声音,十分接近落雨声。

"啊,我有点儿饿了!"千智突然起身叫道。

"吃点心吗?"

"不要。我想吃点儿带汤的东西。"

"带汤的……煮点儿什么吗?可我这里什么都没有。"

"不不,明确地讲就是想吃面条。"

"什么呀,你早说不就行了吗?可现在已经十点多了呀!要不就去站前吃立食荞麦面条?"

"有家拉面店营业到凌晨一点钟呢!"

"你想吃拉面吗?吃过比萨再吃拉面,会不会摄入脂肪过多呀?"

"嗨,一旦提起拉面我就非吃不可,也顾不得什么脂肪过多了。哎,走吧!"

"是呀!既然肚子有点儿饿,那就是饿了嘛!"

我慢吞吞地站起身来,把钱包拿在手里。

"哎,把这瓶红酒带上,叫拉面店的小哥帮咱们打开吧!"

我以为千智在开玩笑,可她真的一手提起扎着起塞器的红酒瓶走出了门厅。

前些天那种闷热已难以置信地消失,大街上感觉挺凉爽。归途中的工薪族稀稀落落,我和千智并排前行。夜空阴沉沉的,武田君忽然掠过我的脑海。我和他也常常在深夜这样漫步,边走边热烈交谈。可是,当时说了些什么,我现在一点儿都想不起来了,那明明都还不是很久以前的事情。

"哎,那个山羊男怎么样了?"提着红酒瓶的千智小声问道。

于是，我脑海中的武田君倏然远去。千智所说的"山羊男"就是笹尾，她在联谊会上见过，对他只留下"像草食动物"的印象。

"这个实在是不怎么样啊！"我一直想给千智讲讲那天去看鸟的事情，但还没讲。

"为什么呀？他是同性恋？要不就是难忘分手的女友？"

"哪儿的话？"我笑着说道。

从我们身边走过的西装男子向千智手中提着的红酒瓶扫了一眼。

"可是，条件好却没进展，总是有原因的吧。山羊男看着就像喜欢男人的类型，要不就是难忘旧情的类型。"

"嗯，那个吧……"

听到鸟叫引起生理反应，我看到这种情景很无奈，完全失去了兴致嘛。这些话在我心中顺畅地流过，却没能说出口。因为我觉得，如果说出来就会对笹尾造成极其沉重的打击。我意识到，自己其实是喜欢笹尾的呀，接着我又意识到，这是一种近似恋爱却大有不同的心境。就在这时，整齐折叠的大号手帕从我眼前闪过。

"我想他是个极为普通的人，但是，我吧，感觉还差那么点儿激情啊！"

"啊，我明白。"千智嗖嗖地抢着红酒瓶使劲点点头。

虽然行人稀稀拉拉，但大街上仍很热闹。便利店、录像带出租屋、酒铺、二手书店将灯光投在街道上，从连锁居酒屋和K歌厅里透出喧嚣。我忽然想到，奈惠此时在做什么呢？为自己不能像母亲一样而心怀轻微的自责，正在熨烫衣物、刷锅洗碗、哄桃子和大贵睡觉吗？

"那个，确实已经不能激情四射了哦！或者应该说很容易情绪低落呀！一旦情绪低落，就会感到烦得要死，什么都想丢开了呢！"

"怎么回事儿？这跟千智的恋爱有关系吗？"

"嗯，要说有倒是也有。就是吧……被他妻子发现了。"千智说到这里中断了话头，"在那里，在那里，看到立着一块写有'叶隐'的招牌了吧？那家店门口白天总是排长队呢！"

千智朝拉面店的灯光跑去。为了听她接着讲爆炸性的告白，我赶紧追了上去。

虽然已经快十一点钟了，可拉面店里仍显得有些拥挤。我们被领到角落的餐桌席，要了啤酒、饺子和鸡蛋拉面。店里没有播放背景音乐，几个身材相近的男子坐在长柜台旁默默地吃拉面。咱们终于还是又喝啤酒又吃拉面，千智笑着端起扎啤杯送到嘴边，我催她接着讲下去。

"我跟他交往大约一个月后，被他妻子发现了。他是个营销员，名叫真。他可能是婚后第一次跟别的女人交往吧，很快就暴露啦！我先是在手机上接到过多次隐号无言电话，接着就发来'丑八怪''荡妇'这类超级不堪的短信。后来，好像到了九月份，她本人打来电话说：'北村承蒙您照顾了，我是北村的家属。'哦，北村就是真的姓。"

店员端来了我们要的饺子，并交替在两人的碟子里倒入酱油、醋和辣油。

"然后，她还说了些什么？"

"她说要告我，还可以向我索取精神损失费，一大串的老生常谈呗！"

"这是什么时候的事情？千智，你从来没告诉过我哦！"

"可是，公开这种事情，这不是太让人难为情了吗？我居然接到过那种电话，自己感觉实在太难为情了。而且吧，他妻子还趾高气扬地说可以向我索取二百万日元的精神损失费呢！我听她说要那么多，心就凉了一截子。那个人以为要二百万日元就能报复我啊，真一个月的出轨代价是二百万日元啊！左思右想，觉得一切都愚蠢透顶。"千智一口吃掉一个饺子，随即皱着眉说，"好烫好烫。"一边嚼一边转动眼珠，咽下去后继续说道："我想，要是在十年前，这种电话会使我斗志昂扬哦！我会气势汹汹地说：'哼！傻婆娘！我就给你二百万日元！这就叫以血洗血吧……'哦，倒也不能这样说。我就觉得，自己可以把对真的妻子的愤怒、嫉妒和怜悯全都换成恋情而振奋起来呢！"

店员端来热气腾腾的拉面。在戴着耳钉的店员离开之前，我们都默默地低头望着各自的面碗。目送他离去后，我们就开始喝汤吸溜面条。虽然时近十一点吃拉面过于香浓油腻，可一旦入口就欲罢不能，根本无法停下筷子。我低着头抬眼瞅瞅千智，只见她还盯着面碗。我想说千智你还挺能吃呢，而她却先开了口。

"可是吧，那个电话让我一下子没了激情哦！二百万这个数字也让我想象到简易的自制点心、三角滤水篮网眼里堵着的食物残渣、利用牛奶纸盒制作的收纳盘、全家去吃转盘寿司，这些零零碎碎历历在目哦！于是，真也成了这些东西之一哦！就这样呢，虽然我既不想见他也不想再跟他有什么瓜葛，可对方反倒来劲儿了哦！真来电话说想跟我见面，他妻子检查手机发现后又向我发来骚扰短信。那对夫妻可能是憋得难受吧。或许因为我助其一臂之力，让他们度过了疯狂的夜晚吧……我甚至想到了这种事情。可是，怎么样？你不觉得我挺能的吗？"

千智最后用怪异的语调说完，把脸伏在碗上开始吃拉面。她头上的发旋正朝着我这边，我就对着那发旋说话。

"我妹妹问我为什么不想结婚却想恋爱。我回答说因为太郁闷无聊。本来我是开玩笑，而我妹妹却奇怪地表示理解。哎，千智，那对夫妻也一样。不过，我觉得咱们也很郁闷哦！虽然郁闷，却可以对有刺激的东西挑挑拣拣，所以够奢侈的呀！"

千智头也没抬，仍把发旋对着我。

"完全如你所说哦！可是，这拉面真好吃呀！"

我吃饱肚子之后，突然觉得回家太麻烦，就决定住在千智家。虽然已经过了十一点钟，大街上依然灯火通明。在歌厅门前，一群喝醉酒的人围成圆圈在嬉闹。他们都是大学生的年纪，有的男女生勾肩搭背，有的男生还倒在地上。

"啊，千智，忘了找人拔瓶塞了。"我注意到了千智手提的红酒瓶。

"哦,真的,怎么办?叫那些孩子们帮个忙?"千智指了指那群年轻人。

"可是,要是被他们缠上怪讨厌的。"

"是啊!那就顺路进便利店找打工仔帮忙吧!"

千智站在那里呆呆地望着我。我在前方几米开外处回头,向目不转睛地盯着这边的千智问:"你怎么啦?"我的话音未落,千智就喊道:"小华太坏了!"

"啊?我做什么了吗?"我惊讶地问道。

"就因为有你在才不顺利的嘛。"千智像小孩似的拖长声音说道,眼看就要哭出来了,"就因为有你在,所以我在跟别人交往失败时也会想,'唉,算了吧'。就因为有你在,所以我跟别人在一起时也会觉得,'唉,这太没意思了'。"她哭丧着脸说完,甩下我径直扬长而去。我慌忙在后边追。千智依然哭丧着脸,朝着夜晚明灿灿的空气喃喃自语:"我这不是什么爱情,所以你尽管放心哦!不是那种。但不管是温泉、餐馆、拉面,还是不痛不痒的聊天、电影、音乐会,只要跟你在一起就总是感到特别有趣。真烦人呀！"

我默默无语地跟上千智的步履。前方不远处就是千智居住的十层公寓楼，各家亮着白色或橙色的灯光。我开始寻找千智房间的窗户，心想她出门时关灯了没有。

"'纯爱之会'还没到三个月就消失了。"

我望着千智关了灯的房间不禁嘀咕道，走在我身旁的千智仰望天空大声笑了。椭圆形的月亮呈现出浅柠檬色，使我想起了笹尾的手帕。

微暗剪影

"哎,这是怎么回事儿?"我拿起放在收银台旁的小广告问道。

打工妹小金露出明显尴尬的表情。"哦,那个,那个吗?嗯……没什么,就是……受人委托吧。"小金支支吾吾地答道。

"嗯,小栗,你问过这个吗?"我向整理货架的小栗问道。

"哦,我不知道呀!"小栗没有明确回答。

我觉得有些可疑,但看到小金似乎不会再说什么,就唉地嘟囔一声把小广告放回原处,随即走进柜台内侧。

"哦,小华你别管啦!店里就交给我吧!"小金慌忙说道。

"嗯,不过,反正我闲着也是闲着。"我边说边瞅瞅收银台角落里堆着的小广告。

高价收购名牌服装——简陋的小广告上印着这样几个大字，用的是极薄的粉红色纸张。另外还有"香奈儿套装收购价、芬迪夹克收购价"等内容，并印有极其粗糙且发黑的图片，还标着收购价格。

"这里还要摆这个吗？不过，千智居然能同意啊！"我漫不经心地嘟囔道。

正在清点货物的小金绷着脸低头说："好像是没能拒绝哦！"

"哦？"我又嘟囔一声，并朝玻璃门外望去。天空清澈湛蓝，沥青路面泛着白光。年轻男女来来往往，有些女孩在店前止步，望着店内交谈几句什么，然后径直离去。

"小金、小栗，吃点心吗？我来时顺便在阿尔卑斯店买了蛋糕。"

"哇！真的吗？你特意跑去成城那边了？"小金顿

时笑逐颜开。

"那我去沏茶吧!"小栗行动利索地转到柜台内侧,随即消失在厨房里。

这时,一对二十五六岁的情侣进店来,站在门旁的货架车前,拉出一律千元的T恤衫开始交换意见。女孩选了阿迪达斯,男孩选了印着图案的,然后拿到收银台来。我给他们装好袋后,鞠躬说了声:"谢谢。"

"这里还收购服装呢!"女孩的视线落在小广告上说道。然后,她笑容可掬地对我说:"这个我要一张。"随即把小广告塞进购物袋。"怎么?你还有名牌服装吗?""当然有啦!就是别人送的嘛!""什么?什么?谁送的?"两人紧紧地靠在一起边说边走出店门。我漫不经心地用目光追随着他们。

"让你们久等啦!"

小栗用托盘端来了马克杯和蛋糕。我们三人在收银台内侧并排坐下,望着玻璃门外的街面吃蛋糕。

"小金,你男朋友还好吧?"我问道。

小金目前是本店打工妹的领班,已经二十七岁了。

她白天在这里干活儿，晚上去设计专科学校上课，说是想当商业设计师。据说，她的男友与她同龄，白天在影音租赁店打工，晚上去家具制作学校上课。两人毕业于同一所大学的文学专业，但毕业后都想从事与所学专业完全不同的工作。由于他俩目前所做的事完全相同，所以气质、节奏感甚至长相都很近似。在我和千智看来，他俩确实是十分般配的情侣。

"嗯……我感觉还是有点儿悬乎哦！"小金像在说别人的事情一样说道。

"哦？什么？什么？什么有点儿悬乎？"我兴致勃勃地问道。

"我们交往时间很长，不是吗？而且，我俩目前都在学习，顾不上打算下一步，不是吗？那事儿吧，感觉……"小金停了一下，表情严肃地面对我说，"小华，我想呢，人吧，不可能总是忍受既不前进也不后退的状态，就像金太郎糖的糖心那样哦！"

"嗯，嗯。"我向前探身催她继续说。

"可那真是太奢侈啦！我连男朋友还没有呢！"小

栗嘟着嘴说道。

"但是，不顺利的时候就是不顺利嘛！"我做出通情达理的表情耸了耸肩膀说道。

正在这时，我感到收银台前好像有人，抬头一看是千智站在面前。小金和小栗慌忙起身。

"啊，对不起，因为现在没有顾客，我就……"

"您先前吩咐我熨烫衣服，对不起，我现在就去做。"

两人抢着把还没顾上吃的蛋糕塞进嘴里，随即端起碟子和杯子消失在厨房里。

"坐在收银台里一边吃蛋糕一边讨论恋爱问题？"

千智站在收银台对面虎视眈眈地俯视着我。

"哎哟！咱们这个店恐怕要断了男人缘喽！小金那一对儿悬乎啦！"

我故意开玩笑，可千智没笑。

"从门外都能看见呢，傻呆呆地吃蛋糕的样子！"千智很不高兴地说道。

"哎，你去税务师那里了吧，有什么麻烦吗？"

我讨好地问千智，而她却露出不胜其烦的神情。

"太难看了,赶紧吃完呀!而且吧,这不都是以前定好的吗?不能在收银台里喝茶吃点心,想休息要去里屋或厨房。"

我屈服于千智这莫名其妙的威慑,垂头丧气地拿着托盘朝厨房走去。小金慌忙去了店前,小栗快步走向早已变为仓库的里屋。

千智怎么回事儿?那么厉害。我边清洗三个人的碟子边在心里嘀咕。洗完碟子,我打开折叠椅坐在换气扇下点着了香烟。千智那样说我,好像我是在她手下打工的一样,本来说好我俩是合伙经营者嘛!厨房门打开,千智出现了。我回过头去,虽然心里在嘀咕,可脸上堆起笑容。

"千智,还有蛋糕呢!就是名叫'阿尔卑斯'名字怪怪的蛋糕,你爱吃吧?"

千智没说话,把靠墙的折叠椅搬来放在我身旁。然后,她从挎包里取出本店经营的土布香烟盒,并取出一支香烟点上。

"我决定再开一家店。"千智眼睛看着别处说道。

"再开一家店?就是前些天说过的餐具,真的要搞吗?"

"不是餐具,是要搞新业务。"

"什么新业务?"

我注视着千智的眼睛,她这才与我的视线相对。

"我想开家二手名牌货商店呢!店址就在车站背面,面积只有六点六平方米。那里虽然很小,但是在一层,隔壁是一家相当火爆的意大利菜馆,所以我觉得应该能行。"

千智一气呵成地说完。她说得过于一气呵成,我为把这一连串语音与含义对应起来不得不多用些时间。

"啊?那……小广告……"我像傻子似的愣怔了片刻才问道。

千智没正面解释,吐出烟雾继续说道:"小华会反对吧?所以那边你可以不管,我一个人来办,就算将来失败了也是我自己的问题。"

"那算怎么回事儿啊?"我终于明白过来,这才开口发声,刚才的微弱怒火像浇了油一般越烧越旺,"那算怎么回事儿啊？你怎么不先跟我说一声呢？咱们不是有约在先，绝对不搞名牌之类的东西吗？哦，就是那个吧，千智说的就像'名媛西田'那种店吧。"

我说出附近一家二手名牌货商店的名字。在那家荧光灯刺眼的店内，凌乱地摆放着普拉达、古驰、爱马仕、阿玛尼等品牌的包包、鞋子和西装。不知为什么，其中还夹杂着绒布玩具和用于中元节礼品的香皂混装袋，门面橱窗还展销各种优惠券。我们曾对这种店的形态怀有莫名的反感，怪异的店名，花哨的橙色荧光招牌，以及交替闪现"高价收购、低价出售""买卖香奈儿就来西出""什么都收购"的电子广告牌，店内似乎连展示柜都懒得收拾。以款式过时为由卖掉商品，以此补足资金去收购那些预计一年后会再次卖掉的二手品牌货。这种经营方式不仅与我和千智的目标完全相反，而且，我们对推行这种方式的"名媛西田店"持有某种轻蔑感。

"吃吃奶油蛋糕，"千智在烟灰缸里捻灭烟头低声说道，"聊聊恋爱话题，小华感觉很满足吗？"

"那算怎么回事儿啊?"我愤怒地说道,但是,我发现刚才也是用同样的音量说了同样的话,就感到自己傻得无可救药,"好像人格都不一样了,你还是千智吧?"

我竭力把话说得格外刺耳,千智站起来俯视着我。

"今晚,关店后吃个饭吧,火锅之类的。"

千智为难地笑了。这是我十分了解的千智,这是手提扎着起塞器的红酒瓶在大街上漫步的千智。

我同千智去英国旅行是在上个月。目前,进货的三分之二都是委托伦敦的同业者,即旅居伦敦的日本女性经营的事务所,以及由协调人介绍的几家二手服装同业者。我们到达后计划把前几天时间用于业务方面,例如与他们会面并听取相关信息,去同业者的仓库看看存货,对拟选购的货物及价格进行协商,而剩余的几天就随意地观光游览了。虽说是观光,但我们所涉足的既不是苏豪(SOHO)区也不是大教堂。在从诺丁山到肯辛顿一带门面狭窄的纽扣店和蕾丝店、古董杂货店和餐具店等处，我们边看边商讨要不要营销复古式布料和搪瓷产品。但是，如果扩大经营品种范围的话，就又得从委托协调人介绍当地同业者开始逐步办理。最后的结果，我们每天都只是像讲述梦幻故事般热烈讨论餐具类和杂货类而已。

离开伦敦之后，我们就去了爱尔兰。在这里也是只要见到二手服装店、二手书店和古董店就冲进去，并热烈争论那些货是否卖得出去。

这里的二手服装比伦敦的土气，但价格非常低廉。我们发出惊呼声，认真探讨是否营销爱尔兰的二手服装，接着就开始选购自己喜欢的东西。我们走累了就冲进小酒店，不管可行性如何就议论将来开分店的设想。租一间小店铺，装修成虚构的女孩房间，在墙上挂些绘画，适当地摆些CD碟片，不厌其烦地用杂货装饰货架，在童话故事般的床上摊开首饰和包包，把复古式洋装挂在同样复古式的衣柜里。是啊，主人的名字就叫玛丽·茉莉，十八岁。她虽然在人前公开说喜欢浪子乐队，可在自己家里听的是羊毛衫乐队。房间摆设物品的搭配也是乍看似乎很僵硬，但在各个角落仍洋溢着少女之魂，就是这种房间。其中的所有物件，包括挂画和玩具熊乃至床铺都是可出售物品。装修这样的商店想必令人格外愉快，我们议论得十分热烈，回到酒店里仍在继续。关于将来开新店的设想，预计今后营销的商品，目前店内应该淘汰的商品，我俩只开一个床头灯，望着天花板嘀嘀咕咕直到进入梦乡。

我与千智相识是在二十岁的时候，机缘是一个乐队的演唱会。我听同学说有多余的入场券，千智就是通过那个同学把入场券让给了我。我和千智都在文学院，她学的是西洋美术专业，而我学的是英文，因为选修的第二外语也不同，所以此前从未见过面。但是，千智是个非常引人注目的女孩，甚至令我感到特别不可思议——我怎么会不知道她的存在？她穿的衣服一看便知都是二手货，八根手指上都戴着戒指，把染成深红色的美甲搭在悬垂的长发上。她上穿带皮毛的长绒大衣，下穿宽松的条绒裤。我心想，这恐怕不讨男人喜欢吧，于是就说了出来。千智表情认真地承认正如我所说。

对异性的目光毫不在意，将自己的爱好如音乐、小说和电影，夸张地说还有人生观、价值观和未来的希望，全用外表显示出来。我顿时被这样的千智迷倒了。

在升大四的时候，我们常常在校内的自助食堂里谈论将来，一致的意见是毕业后不就业。我只是笼统地想到要做自己喜欢的事情，而千智却有具体的目标。她的愿望是创建自己的品牌，并且不是空想而是完整的计划。在校期间她晚上还去设计专科学校学习，并利用课余时间在原宿的二手服装店打工。后来我才明白，自己在别人介绍之前不认识千智的原因很简单，就是她极少来学校。

"那当初干脆就去设计专科学校不是更好吗？为什么还要上大学呢？"千智听我这样问，表情认真地回答道："因为我不想成为只知设计的人，还想了解服饰的美术背景和文化背景。"这让我哑口无言。因为我那时还什么都没考虑过，所以觉得心怀切实愿景的千智不像同龄女孩。但是，她又笑了笑嘟囔道："我虽然抱负非常远大却总是逃课。"这就让我稍稍宽心了些。而且，随着深入交谈，我发现千智虽然脚踩设计专科学校、大学和打工三只船，可她自己都不太清楚想设计什么。我发现这一点后就更放宽心了。如果当时千智真有更为具体的愿景，我恐怕就不会跟她这么亲近了吧。千智虽然貌似比我更有主见，可从根本上来讲跟我一样，也只是个不清楚自己想做什么、适合做什么的二十岁刚出头的姑娘。正因如此，我才会对她怀有亲近感。

"哎，要不就这样吧！我来租一间店铺，销售千智设计的东西。千智专心致志地搞设计，我来做生意人。"我半开玩笑地说道。"那好啊，不错嘛！"千智笑逐颜开地说道。二十二岁的我们志气昂扬，甚至制订了建一座商厦的宏伟计划：一层销售服装和鞋类，二层销售CD和书籍，三层销售杂货，四层销售家具。最高层是我俩各自的住所和千智的工作室，天晴的日子里在天台上吃烧烤。我们在烟味浓厚的自助食堂角落里，只要开始这样的话题，一杯咖啡就可以无休无止地聊下去。

虽然没能实现建商厦的宏愿，但我们在四年后开了一家二手服装店。大学毕业后，千智在她打工的二手服装店转为店员。我没直接进公司就业，而是开始在国分寺市的古董杂货店打工。不管是二手服装店还是杂货店，工资都低得惊人。即便如此，我们仍然积攒零钱适时地外出穷游。意大利、法国、印度、泰国还有英国，我们在各地批量采购二手服装和杂货，以最低价船运到日本，回国收到货后就在周末跳蚤市场摆摊。因为实际销路比我们预想得要好，所以我们干劲更大了。千智辞去二手服装店的工作，我也停止打工，请双方的父母当保证人贷了款，租下不到十七平方米的店铺。这是我们二十六岁时的事情，对，我们当时才二十六岁。

这一切都感觉像在做经商游戏。去申请二手商品经营许可，托熟人关系寻找设计感强的装修人员，成立有限公司，通过千智在二手服装店工作时的门路介绍批发商，经过熟人的熟人的熟人的多层介绍挨个去会见伦敦的业务相关者，直到最终开店大吉。正因如此，我们总是快快乐乐。营业额不见起色，我们就在业余时间兼职打工，但也很快乐。在与批发商发生纠纷时，也很快乐。即使那些比我们年轻的女孩在二手服装业界做得风生水起、轰轰烈烈，我们也很快乐。我们倒也没什么商业才能，也并非嗅觉灵敏，也并未拥有超凡的审美力，可如今仍能持续做同一件事情。我认为，原因可能就是心底存在这种经商游戏的感觉。

至少我就是这样想的。

"那怎么可能？"千智说着坐下，露出半边椅背，"小华吧，怎么说呢，总觉得万事大吉，或者说是个乐太郎。"

在我俩之间有个冒热气的火锅，我默默地把盛在筐箩里的葱和香菇夹进锅里。千智把脸伸进上升的热气中，开始滔滔不绝地讲述创业以来的千辛万苦。自己无力向同业者支付货款，只好鞠躬作揖地求父母借钱，而父母对二手服装店心怀鄙视，虽然骂骂咧咧倒也还是借给了我。因为我是年轻女子，所以会受到年长同业者的愚弄。每次发生纠纷时，就会受到过敏性大肠炎的困扰。另外，还多次被伦敦的同业者欺骗……就是这些事情。我一边听一边想，虽说自己的记忆多少有些被美化，但千智讲的故事也有些夸张。当然，千智付出的努力是我的数倍。租到店面就要去寻找货源，而起步晚的我们之所以能用起步晚的方法成功开店，多亏千智鞠躬作揖地求她原先工作过的店主介绍门路。在仅靠批发商不能完全解决问题时，也多亏千智与旅居伦敦的日本人逐一取得联系，这才找到了协调人。她用蹩脚的英语跟形形色色的同业者打交道，虽然算不上最好，但毕竟与投缘的同业者建立了信赖关系。这也都是千智尽心竭力争取到的。

不过，我知道这些都是千智心甘情愿为之的。比起跟我一起行动，她独自行事效率更高。但另一方面，千智并不会自作主张，凡事都要找我商量。她行动力超强，但缺乏决断力。而我虽然行动力较弱，却可以对千智的想法仔细地进行对比和研讨，参与相关决策。也可以说，千智是外出狩猎的父亲角色，而我则是对猎物进行处理烹调的母亲角色。我曾以为千智也认可这一点。

但是，眼前坐在对面的千智似乎并不这样认为。她说话的语气，听起来就像她把万事大吉、高枕无忧的我放在一边，自己独闯惊涛骇浪一般。尽管如此，令我感到不可思议的是，她到底是从何时开始把以前的种种经历与包括牢骚的辛劳结合起来的呢？她说要搞与结婚无关的恋爱，跟我多次参加联谊会，还跟有妻儿的营销员发生瓜葛，那时她并不是现在这样。即使在一个月前去英国旅行时，她也与大学时代毫无不同。也就是说，我们所做的事应该是经商游戏的延长。无论是恼怒、痛苦还是艰辛，都限于可以承受的范围之内，因为我们就是因为只想做自己愿意做的事情才创业开店的。

千智带着戏说的感觉演绎自己艰苦创业的故事，我给她的碗里放进鸭肉棒、鸡肉、香菇和白菜。千智看都不看眼前的火锅，依然滔滔不绝地讲述。我给我的碗里也放进食材，边点头边吃菜。店内有些昏暗，每张餐桌之间都有隔板，几乎跟包间的感觉差不多。

"喝葡萄酒吧？"当千智的讲述告一段落时，我打开了葡萄酒价目单，上面印着一大排法语酒名，"先来白的？这款最便宜的可以吧？"我根本顾不上逐一细看，赶紧摁下小按钮呼叫店员。

"我不想喝最便宜的葡萄酒。"

千智说着就从我手中夺过酒水单，皱着眉头看了看，随即向过来的店员要了一款名称相当长的葡萄酒。店员离开后，她再次猛地从升腾的热气中向我伸头说："哎，咱们都已经三十七岁了，为什么还总是要喝便宜的葡萄酒呢？"她的表情十分认真。

"可是呢，咱们总得喝掉三四瓶吧？量比质更重要嘛！"

"不管喝三瓶还是四瓶，只要味道好不就行了吗？"

可是，反正味道究竟怎样咱们也搞不清。我本想这样说，但话到嘴边又改口说："哎，千智啊，是不是发生什么事儿了？例如人生观变化之类？"

千智在热气熏蒸中凝视了我片刻，然后像突然想起似的默默地开始吃放在碗里的烤鸡肉丸和白菜。店员送来了葡萄酒，千智习以为常似的品鉴了一番。然后，店员把泛着金黄色的白葡萄酒注入酒杯。

"我啊,想给各种人点儿颜色看看呢!"千智喝了一口葡萄酒,目光落在火锅里嘟囔道。这已不是先前在自己店里厉声斥责"不要吃蛋糕"的千智,而是手提扎着起塞器的红酒瓶逛街的千智。我终于放心了,虽然她脱口说出"想给各种人点儿颜色看看"这种怪异的话语。

"'各种人'是谁啊?"

"不是针对某个人啦!我呢,想成为一个非常了不起的人哦!我认为自己付出了非凡的努力,很了不起。二十六岁时开店,在流行趋势急剧变化的城区维持这么多年,我认为一般女人根本无法做到。不过呢,反过来看,我此前做的那些也只是维持现状而已,我就是想做得更大些嘛!"

"也就是说,你的野心膨胀了吗?"我用调侃的方式问道。

千智认真地点头说:"是的。如果现在加把劲儿,就能赚更多钱,还能更出名。然后,把商店迁到东京都心的一等地段,被杂志媒体报道,跟名人合作……"

"合作?"

"眼下这种做法很流行呢!小华知道'粉红海豚'吗?不知道吧?你对同行业者毫无兴趣呀!就是有个女孩在高圆寺那边开的二手服装店。那个女孩吧,跟某位音乐人合作,制作销售T恤衫和无檐帽之类的产品。"

"你想走那种路子?"

"嗯,想。我想跟吉野君或什么人合作。"

"吉野君是谁?"

"一个乐队的主唱。"千智马上答道。此刻的她看上去与二十岁时完全一样。

"那不就是单纯的粉丝或追星族吗?"我惊讶地说道。

"或者说,我要当个想做什么就能马到成功的名人哦!哎,咱们维持现状倒也能凑合着过下去,可这样就不会有任何改变呀!我不愿意这样嘛!跟五年前一样的生活,跟八年前一样便宜的葡萄酒,这样太没意思了。

哪怕只有一点点，也必须有所改变。"

"可是吧，千智，咱们只是普通的二手服装店呀！跟名人合作，被杂志媒体报道，这些都太不着边际了吧。咱们又不是艺人。"

"我就是想当跟艺人一样的二手服装店店主。"千智大言不惭、毫无顾忌地说道。

"那为什么非得采购名牌货不可呢？千智说的我基本上都明白，但咱们以前不是最厌恶买卖二手名牌货吗？"

"可是，据说那样做就能赚大钱。而且，如果发展顺利，不就能引人瞩目了吗？我打算从名牌服装做起，然后逐步扩大至营销包包和腕表等品种。我还没跟你说，我目前正在学习估价鉴定呢！梅丘那里有一家典当铺，店主的儿子也说在开店初期可以跟我合作。"

"那是谁？"我不禁大声问道，"我可什么都没听说呀！"

千智表情不变地从火锅里捞菜，这次是她给我的碗里盛菜。

"哎，那是千智的'新的他'？"

千智停住拿勺子的手，夸张地叹了口气。

"所以嘛，你要放弃那种思路啊！那可是十几岁春情躁动少年期的想法哦！虽说是典当铺店主的儿子，现在也是五十多岁的大叔了。因为他鉴别术高明，所以我想请他带我入门。"

"我可什么都没听说呀！"我重复道。我俩明明是合伙人，我也是代表之一呀！我们以前都是有事就一起商量的。

"如果我说了就会遭到你反对哦！而且就算你反对我也还是要做，所以说不说其实都一样吧。"

我把视线投在眼前的碗上，变了色的水菜和菠菜支棱在碗沿外边。千智喝了一口葡萄酒，继续把笸箩里的豆腐和蔬菜放进火锅，并叫来店员追加了鸭肉。

"只有六点五平方米的面积，展销服装、包包和腕表什么的，简直就像'名媛西田'。"

在店员端来鸭肉之后，我这样说道。这是深思熟虑三分钟后说出的挖苦话，可千智回答得很干脆。

"'名媛西田'有什么不好呢？不拘一格做自己喜欢的事，我觉得挺了不起哦！"千智突然伸了个懒腰，"哎，要想求变，咱们必须引进'名媛西田'式的做法啊！如果总是作为个人爱好的延长来维持现状，那就不可能有所改变。"她补充说道。

我看了看千智，这才发现她的眼角已有细微的皱纹，鼻子下面出现粉底霜卡粉，已经不是二十岁的原样了。

"我倒也不想求变，现在这个样子就可以啦，又不是没钱花。"

"既然如此，小华维持现状也挺好嘛！不过，抱歉，我要求变。这是我自己的策划，就算将来失败也不会要求共担责任，所以你尽管放心。"

千智说完就把杯中酒喝干了。

我朦胧地想起我俩过去的事情。在六年前还是七年前？即将三十岁还是刚过三十岁？我俩就像现在这样，对坐在下北泽的酒馆里。当时生意勉强达到收支平衡，我们的营销利润也基本稳定。千智提出，还想经营亚洲国家的二手服装。因为她回忆起，在开店前我俩去泰国旅行时看过曼谷的周末自由市场。亚洲国家的二手服装比欧洲的便宜很多，有时还能淘到李维斯赤耳牛仔裤，售价居然与非名牌二手货相同。像毛氏衣领的上衣和中式外套等，很多款式欧洲货里都没有。千智一旦有了想法就会付诸行动，这时她已经做好了前期调研，起劲儿地讲述曼谷、新加坡的二手服装市场行情。从这些地方进货比我们目前营销的英国货便宜，而且品种范围也能扩大。她还有熟人在中国香港工作，所以马上也可以着手开始那里的二手服装购销业务。千智就是这样讲的。

大概就在那个时候，千智已经开始考虑稳中求变，我现在多少有些明白了。经济收入已经稳定，把三十岁作为某种符号，要想求变就趁现在，这或许就是她的想法。她是想让我们的小店进一步成长壮大吧。但是，当时我主张不要那样做，理由与现在完全相同。我认为在狭小的店内混杂摆放亚洲和欧洲两类不同风格的货物太不成体统。哎，千智，与其说扩充商店营销业务，不如选择做自己想做的事情。当时我确实说过这样的话。我们大口喝着最便宜的葡萄酒，深入地交换各自的看法。

"明白了，"千智最后说道，"我明白了。小华说的确实有道理，就算销售额会有一定增加，可如果搞成杂货铺就太难看了，是吧？"

那个时候，千智还能接受我的意见。

在年轻人聚集的商圈地带，新潮与过时迅速转换。我们的店之所以能维持至今，就是因为避免营销品种过杂。这是我的推断。我深信，正是因为我们慎重地排除了不切合实际的野心和谋算，执着地坚持"只做自己想做的事情"，所以才能在瞬息万变的商圈中获得持久不变的位置。

我们的小公司将会变成千智个人所有吧。眼前升腾的热气，让我朦胧地意识到了这一点。虽然在法人代表栏中我俩名字并列，但我如今已变成只是受雇于千智的打工者之一，渐渐与商店的未来无缘。此时我尚未觉察，之所以对这种朦胧意识没有产生任何情绪，是因为自己对此感到极度惊讶和伤心。

"我跟真不是交往过吗？但现在已经全部结束啦！"

我俩离开酒馆向车站走去，千智说出了在"纯爱之会"遇到的那个家有妻儿的营销员的名字。

"那个傻婆娘不是给我打电话要精神损失费吗？在那个时候吧，我真的沮丧极啦！虽然发起联谊会的是我，可现在我在想，自己怎么会跟如此无聊的人们发生瓜葛，怎么会搞出那种像傻学生似的闹剧？不过，我觉得，那是因为自己依然像个傻学生。在像傻学生似的人周围，就会聚集傻学生似的同类。"

空气已几乎是冬天的感觉。背街上没有人影，路灯把白色的光线投在柏油路上。

"我就是想从那种状态中脱离出来。"

我什么话都没说。这里明明是再熟悉不过的下北泽的背街，我却感到自己迷失在完全陌生的街角。

在进入通往车站的窄巷前，千智停下了脚步。

"我要打出租回家。"她边说边注视着寥寥无几的车灯。

"车站不是就在前面吗?"我指着窄巷的尽头说道。

"电车我是不会再坐了。"千智这样说道。

"名媛千智!"我挖苦道。

"是的。名媛千智不坐电车。"她没有笑,看到驶近的出租车亮着"空车"灯马上使劲挥手,然后迅速地上车走了。

我登上通往检票口的台阶,在开往新宿方向的站台等候电车,换乘拥挤的电车到新宿站再次换乘,把身体塞进更加拥挤的列车,然后寻找空着的吊环。

自己将变成受雇于千智的打工者。我刚才意识到的推测,其含义此时就像刚喝下的葡萄酒带来的醉意般扩散到全身。

我与千智不同,我既不想出名,也不想发大财,既不想给哪个人点儿颜色看看,也不觉得真和他的妻子像傻学生。但是,既然我没有这些想法,那就意味着自己变成了受雇于千智的打工者之一。变成打工者,就等于变成说不定哪天会被解雇的无用之人。这个连我自己都懂。

我夹在大衣散发着樟脑味的工薪族和全身弥漫着香水味的中年女性之间。车厢里早早地开启了暖气，我很快就出汗了。我竭力伸直胳膊抓住吊环，心里想象着千智今后迅速变化的样子，化妆和服饰越来越华丽，怎么看都很怪异，而本人却装模作样。她跟某处的店主儿子连续扩展业务，并冷漠地对我说："哎，咱们各顾各的吧。"虽然想象中的情景未免太极端化，但恐怕在不久的将来就会变为现实。

如果我跟千智分开，从那个店退出变成孤身一人，想到这里，我感到不寒而栗。那我就什么都没有了，真的什么都没有了。这时，我感觉自己像已经失去一切似的茫然无措。我在离公寓最近的车站下车后又意识到，其实自己本来就没有任何可以失去的东西，顿时醉意全消。

我既没什么创新也没什么收获，既没什么需要守护的也没什么需要争夺的，只不过是徒增年岁至今而已。

我彻底陷入自我厌恶的心境,是在主动给武田君打过电话之后。

上次谈婚论嫁无果而终,或者说几乎是由于我的强行拒绝无果而终。从那以后,我再没跟武田君会过面。如果不算以前那段分别的时期,这是第一次近半年没会面了。

而这次我偏偏编造了一个愚蠢的借口。"有几张CD吧,"我说道,"就是武田君的CD还在我这里呢!光是《头脑警察》的CD就有三张呢!放在这里我也不听,而且好像现在已经很难入手,所以我觉得还给你为好。"

这是假话。武田君确实把《头脑警察》的CD放在我这里了,但在我预感到自己有可能跟笹尾亲近时,就觉得《头脑警察》之类应该是昔日男人们的爱好,便在垃圾收集日全扔掉了。因为那时我想到,将来很有可能招待笹尾来我这里。

"嗯,那就还给我吧!"武田君在电话中说道,"放在你房子里挺那个的吧?"

他的语调轻松爽快，就像昨天还在一起聚餐喝酒的感觉。

我们商定数日后会面，随即挂了电话。我在反胃般涌起的自我厌恶中意识到，武田君虽然在通话时似乎毫不在意这半年的空白，但也没说"那我现在就去取吧"。我们约定会面的地点不在某一方的住所，而是咖啡馆。咖啡馆，这种场所我从未跟武田君一同去过。

在与武田君会面前的数日间，我必须溜出切尔西去跑各家二手CD店。费尽周折，我终于在下北泽的二手CD店找到两张，在新宿的CD店找到一张新品。我把这张新品开了封，并故意弄得脏一些。我心里想，真蠢！我把碟片装进纸袋，匆忙赶去约定的咖啡馆。

咖啡馆里看不到武田君的人影，我松了口气并确认纸袋里的几张碟片能否看出新旧差异，是否还贴着价签，会不会暴露这是刚刚买来的。当我觉察到有人时，抬头一看，只见武田君站在面前。

"嗨！"武田君笑着打个招呼，随即坐在我的对面。

"早！"我笑着回应道。

武田君以前有这么土气吗？这是我时隔半年见到他的反应。我曾经跟如此土气的人交往过吗？虽说如此，尽管我上下左右仔细打量，可除了西装之外，并未找出他与以前有什么不同。

"你看什么呢？"

"哦，我发现你穿上西装了。"

"嗯，我是公司职员嘛！"

我们向女招待要了咖啡，然后不知何故都用视线默默地追随着女招待的背影。

"给你。"我把装有三张CD的纸袋递给他。

"噢！谢谢！"

要办的事就这样办完了。我想等武田君再说点儿什么，可他什么都没说，只是环视着因为在地下层而有些昏暗的店内。咖啡端上来了，我们既没加伴侣也没加砂糖，直接开始啜饮。武田君话太少，因此我感觉实在别扭。抬头看看挂钟，七点十五分，我只是毫无意义地确认一下时刻。

"你还是那样啊！"武田君端起咖啡杯嘟囔道，"把人约出来见面,自己却一句话都不说。可是,当别人先提出什么看法时,你又总是顶撞。"

"你这是什么话?好久没见面了,你开口就先说人家的不是吗?"

虽然现在的我对武田君的话有些受不了,但他毫不见外的态度让我很放心。至少还有他了解我,了解我这个人自己不主动做事却总是对别人的建议吹毛求疵。

"武田君,难得见一面,喝点儿酒吧!算我请客,祝贺你就职!"

我的心情稍稍放松了一些,可武田君一言不发。他吸溜着咖啡,目不转睛地看着桌面。

"啊,你没时间吗?"

我稍显卑怯的嗓音传进自己耳中。

"时间倒是有啊!"

"那就再聊一会儿不行吗?聊聊你的近况,我想听听。嗯,我也想聊聊呢!"

武田君瞟了我一眼问道:"那我该以怎样的姿态来聊和听呢?"

我立刻明白他说的是什么意思。

"嗯,那就……作为一个说不清是否已经分手却极为亲近的男人吧!"

我坦率地做出回答,武田君笑了。武田君的笑使我深感宽慰,连自己都惊讶不已。

我们离开咖啡馆,边走边寻找合适的酒馆。霓虹灯把夜晚映成了紫色。手机商店的店员站在人行道上召唤顾客,身穿西装貌似沿街兜售的男子巡视着行人,从电器店传出喧闹的乐曲声。紫色夜空中升起了月牙,形如剪下的指甲尖。虽然武田君穿的这件大衣我从未见过,但并排走在一起时,此前没会面的半年似乎根本不存在。那天夜晚从阳台上目送武田君走向车站的情景,就像醒来后感觉非常难受的噩梦。这次会面既没谈婚论嫁也没去看什么样板间,仿佛昨天还曾一起喝过酒的感觉。

"那些CD,你还会常听吗?"我望着刚递给他的纸袋问道。

"不,我很少听,甚至没发现它们已经不在我的房子里了。不过，既然有了就会听。"

"嗯，是啊！"我点了点头。沉默再次笼罩了我们，我慌忙寻找别的话题。

"那个……有人说，我们也都年龄不小，不该再喝便宜的葡萄酒了。"我对走在身旁的武田君说道，"这话是千智说的哦！所以咱们别去便宜的酒馆，另找一家像样的店吧！"

"可是，我不知道哪儿有那种店啊！"

武田君说完，我笑了，他也笑了。

由于我们都不了解"像样的店"的标准，所以东跑西颠了很久，终于进了一家炸串店。这家店位于五楼，店里顾客很多，大都是工薪族。我们坐在柜台前的座位上，点了生啤和炸串套餐。在啤酒端来之前我说了很多，关于千智的野心、关于"名媛西田"那家店、关于我和她分道扬镳的危机。在啤酒端来之后，我们也没碰杯就开始喝。我继续讲述。

"武田君可能也知道，我们就是因为反感那种做法才开这个店的嘛！名牌货好是好，虽然好吧，因为穿腻了、过时了，就把还能穿、还能用的衣物卖掉。另外，不看款式和配色，首先看价签就低价买进，那种做法太没品位了，实在不足取。这是我们十年来一直强调的主张哦！如果想要名牌货，完全可以去正规商店购买。如果不想要的话，那就干脆绝缘得了。不管是便宜也好，非名牌货也好，我们要卖的就是真正想穿的衣服，避免受到只以促销为目的的新潮的影响，破除必须与年龄相符的观念，我们对此长期保持一致哦！"

武田君边听边"嗯、嗯"地连续点头。我们面前的盘子里摆了两个炸串，店员从柜台内侧开始向我们做介绍。我几乎没听，继续滔滔不绝地说。

"哎，我跟你说过决定开二手服装店的缘由没？就是在二十岁出头时一起去英国旅行时，我们一下子就喜欢上伦敦了，比我们以前去过的法国和泰国等任何地方都显得魅力无穷。如果问为什么，就是因为想要的东西太多了。我们从早到晚马不停蹄地四处奔波，在那些小巧的二手服装店和露天大卖场忘我地购物。于是吧，我发现所有的市场和商店都是顾客盈门。怎么说呢，在日本，去二手服装店的顾客群体很有限，对吧？比如说，像三十多岁的职业女性啦，家里有高中生的夫妻啦，在二手服装店里是看不到的。可是，在伦敦的二手服装店里能看到，那里既有全家出动的，也有老夫妻，还有穿着笔挺套装的小姐姐等。大家都习以为常地聚集到二手服装店和旧杂货摊前。我看到这种情景很单纯地想：真好啊！物件虽然已经陈旧，但使用价值并未随之降低，有这种正当交易二手货的场所真不错呀！看上去年龄好像处于提着爱马仕包包的大妈和小姐姐之间的那些人，全神贯注地打量三千日元左右的复古首饰犹豫着买还是不买。这种情景我挺喜欢的呀！"我喝干杯中啤酒润润嗓子，然后继续寻找词语。一旦开了头，就忍不住想把所有的心情都变成话语传达给对方。

"于是，我们走进国王路的一家小酒馆，然后，两人一起目不转睛地盯着大街上，敏锐地观察和辨别来往穿梭的行人。那个人穿的是二手服装，那个人的包包也是二手货，那条项链的颜色绝对是复古式……当时东京正处于泡沫经济中，是吧？很多商店和大楼被拆除并改头换面，陈旧的东西就等于贫穷、落后、土气，到处弥漫着这种氛围。我感觉就是这样哦！所以呢，伦敦那种……可以说是毫不动摇的价值观吧，就是跟土气之类丝毫无关、逆新潮而行的感觉，我特别喜欢呢！于是，在我们快二十五岁想到自己也该干点儿什么的时候，就有了做二手服装生意的念头嘛！因为我们忆起两人去伦敦旅行时那种兴奋感，所以我们情绪激昂地说，要在一味排斥旧物件的社会中唱反调！我们的店名切尔西，就是那次旅行时住过的旅馆的名字，好像是叫'切尔西之家'还是'切尔西酒店'，我不记得了。那时我们多年轻啊！但是，正因为我们格外认真地发出那样的豪言壮语，所以我才能艰苦创业，而且坚持到了现在哦！可现在她根本不跟我商量，就把一个从未说过豪言壮语的五十岁大叔卷进来了。我实在是想不明白呀！"

这时我忽然发现，我的盘子里已经堆了六支炸串，于是，我连那是什么菜都没看就挨个吃了起来。武田君帮我追加了啤酒。"我说的你明白吧？"我一边大嚼特嚼一边问道。武田君回答说："嗯！我明白得不能再明白了。"

我在滔滔不绝地诉说时我发现，自己能这样畅所欲言的对象如今只有武田君了。如果是妹妹奈惠，她就先是应付地点点头，然后就去厨房准备晚饭吧。我忽然想到，自己怎么会去参加什么联谊会呢？就算见到某个陌生人产生了恋情，要想发展到能相互畅所欲言，也不知要耗费多长时间才行。

"我明白呀！我以前没就业的原因就是这个嘛！"武田君喝了一口刚端上来的啤酒嘟囔道。

"打个比方说吧，假设大学时代的同学进入A银行就职，在一个月之后他就会说A银行有多么棒。如果到此为止也就罢了，却还要列举其他的B、C、D等银行有多么差。所谓'就业'给我的印象就是这样哦！我绝对不要变成那个样子，或者说就要留在无归属的空间，从这里观察、理解和接受事物。就在二十多岁的你在酒馆里豪言壮语的时候，我也在相似的场所大发议论呢，所以我完全理解你说的那些话。而且，那些曾经说三道四的家伙们,就在前年被他们所吹捧和信任的公司很轻易地降职调转或解雇了。你瞧!我的判断准确吧?"

武田君说到这里停下来吃炸串,我也吃了。面前又摆上新的炸串,我感觉背后的嘈杂声大了许多。

"不过,准确与否之类对我来说都无所谓啦!我决定留在无归属空间用自己的眼睛做判断,就这样徒增年岁一直无归属。可这既不是什么了不起的事情也没什么价值,仅仅是无归属而已。这是超简单的事情。"

我一口咬住武田君递来的炸串,这串是培根卷扇贝柱。店员在柜台内侧给对虾裹上薄薄的面衣,我目不转睛地盯着看。

"哎,你发现了吗?你和我的经历,都只是由'不愿意做'构成的哦!不愿意经营二手名牌货商店,不愿意在消费社会上随波逐流,不愿意归属于某处而盲目服从。我想,如果在十年前列举各种不愿做的事倒还能继续前进,可现在就不行了。如果老说不愿意做的话,那就只能原地踏步,只能在原地没完没了地撒娇。"

炸成金黄色的白对虾摆在面前,我抬起头来。

"我不再加了。"我向柜台内侧的店员说道。

"我还要吃。"武田君在旁边嘟囔了一声,盯着柜台内侧快速地说,"所以我那时才做出跟你结婚的决定哦!我想进公司当职员也是同样的原因。从前以'不愿意做'为由避而远之的事情,现在我想反其道而行之了。"他说完就打开酒水单。"喝点儿酒吧?你要什么?烧酒,清酒?"武田君望着酒水单问我。

"那……我要八海山吧!"我盯着盘中剩下的对虾尾巴答道。

打工女孩端来了凉清酒,武田君把它倒进两个酒盅里,随即一饮而尽。

"我去一下厕所。"说完我就起身离开了。

厕所在店外。我走进紧急疏散楼梯旁的女厕所,然后坐在马桶座上。墙上有一扇磨砂玻璃窗,打开可以看到一小片紫红色的夜空。我觉得自己像在玩捉迷藏,儿时曾跟几个街坊小伙伴在我家玩过捉迷藏。因为我熟悉自己家里的各个角落,所以很容易藏在绝对不会被找到的地方，就在楼梯下储藏间的角落里。实际上，我真的没被发现。我蹲在空气潮湿沉重的黑暗中，心里非常得意。可是，我等了很长时间，一直没有开门见光的苗头。周围十分安静，呼吸时会闻到灰尘的味道。我感觉就像过了好几个小时，心中忽然产生了强烈的不安情绪。但是，如果就这样主动走出去，我会非常生气。我没把握住走出去的时机，屏息吞声地一动不动。那次，我在储藏间里藏了近两个小时，感觉到了极限才从储藏间里出来，这时已到黄昏时分，外边已看不到小伙伴们的身影。我来到餐厅，只见餐桌上摆着空盘子，大家吃过红薯泥点心，早就回家去了。

此刻在我眼前窗框截取的紫红色夜空中，浮现出当时摆在餐桌上的空盘子，沾着黄色点心渣的儿童餐叉和蓝边的白盘子，隐含着欢闹余韵的静寂。

我走出厕所，晃晃悠悠地返回酒馆。推开拉门，映入眼帘的是满屋身穿西装的男人们，清一色同款西装的男人们，他们在餐桌旁谈笑、在柜台旁吃炸串。我一时找不到武田君在哪里，就呆立在门口望着西装军团寻找武田君。

在柜台中段，我找到了武田君，身穿西装的他正端起酒盅向嘴边送。我朝他身边的空座走去，心里产生了某种违和感。刚才与现在的情景似乎并不完全重合，就像玩找错游戏中的两张图画，可是，即使我定睛细看，也没发现有什么错误。武田君的领带花纹没变，插在筒里的签数也没有增减。

"这么快呀！你还是那样。"

我坐在武田君旁边时，他这样说道。我本想嘿嘿地笑笑，却用僵硬的嗓音说："那就结婚吧？"这句话从自己嘴里跳出来令我感到非常惊讶，慌忙半开玩笑地补充道，"既然话说到这个份儿上，我可以跟你结婚哦！"

武田君看看我，又看看我手中的酒盅，然后把视线投在柜台上。

"我正在跟一个女孩交往。"武田君说道。

他的语气像是在坦白于心有愧的事情一样。我感到自己脸红到了耳根。

"这么快呀！你还是那样。"我故意大声说，随即自己斟上酒一饮而尽。我接着又要斟酒，发现酒壶已经空了，于是又追加了一瓶同款。酒来了，我慌里慌张地继续喝，并滔滔不绝地诉说："傻瓜！我就是猜到了才说的嘛！如果这时你当真的话，就又要开始延续那个过程，想到这个我就烦。因为是你武田君，所以我就想到你可能已经勾上哪里的女人了，这才提到结婚的哦！"

"没错儿啦！小华一直说不结婚。"

武田君没喝我给他斟好的酒，盯着杯中嘟囔道。

我现在明白刚才从厕所返回时产生违和感是怎么回事了，因为当时我觉得我跟武田君已经结束了。时隔半年一见面我就觉得他太土气，那会儿我就应该意识到他已跟别的女人好上了。

"是的。千智可以成为'名媛千智'；武田君可以成为房贷地狱的'爱家老公'；而我呢，不愿意做的事情绝对不会做。"

我自认已经竭尽虚张声势之能事，可就在我说话时，武田君的手机响了。手机就在他的上衣兜里响铃，可他没有要出去接电话的意思。

"你的手机响了！"我说道。

"马上会换成留言模式。"武田君刚说完，他的手机就像接受了指令似的，乖顺地停止了刺耳的叫声。

"该回去了。"我把酒杯里剩下的清酒一口灌下后说道。我感觉自己的呼吸中含有酒味。

我随着从检票口鱼贯而出的众人走过路口转盘。仰望天空，在浅紫色的夜空中，飘浮着与刚才所见完全相同的月牙，就像剪下的指甲尖。我与几个人一起走过人行横道，在灯光迸射的商业街转弯。在归途中匆匆赶路的身影超过我前行，一个又一个地快步转过街角。

不知从何时起已看不到与我一同走出检票口的人们，只有我一人独自前行。我回忆起曾与武田君一同走过这条路，经过离车站不远的便利店。我回忆起曾与千智一同走过这条路，路边樱树的黑色枝干伸向夜空。我还回忆起曾与奈惠一同走过这条路。经过那个邮筒，我所居住的公寓出现在前方。

我跑步登上三楼的楼梯，急不可耐地拧动钥匙冲进门厅。然后，我打开一直紧紧握着的手机的掀盖，从通讯录里找出千智的电话号码。

我把在黑暗中闪光的手机贴在耳边。铃声响过五遍之后，我听到了千智的声音。

"千智！"我小声呼唤道。

哎，哎，你能相信吗？武田那个家伙，以前老催我跟他结婚，可现在他已经有别的女人啦！这才过了半年呀，半年！不过吧，他也就是那种家伙嘛！这就是说，我被同一个男人甩过两次，而且是个根本不怎么样的家伙。这怎么可能呀？我想说的话在心中旋转翻腾，却卡在了嗓子眼里。

"嗯？怎么啦？有急事儿？"千智的声音与平时一样。

哦，就是那个……我做了一件超丢脸的事情哦！本来没打算结婚却主动说可以跟他结婚，自己也不明白什么原因，就是感觉必须这样说，居然主动说出来了呢！于是他说他有女人了。你知道我的心有多痛吧？哎，现在才十一点钟，你陪陪我呗！喝一点儿酒嘛！我可以去你那儿，如果你过来，我掏车钱……

"千智说的话我都明白，可我不愿意做的事情就是不能做。"结果我说出来的却是这句话。

"啊？你就是为了说这个才打电话的吗？所以我上次就叫你别管，我自己一个人开新店嘛！"

"难道我不能有我不愿意做的事情吗？难道我有必要把不愿意做的事情变成愿意做的事情吗？"

"你是不是喝醉了？"

"如果千智自己一个人开始做新的事情，那我也自己一个人开始，就算是为了证明千智做的事情太不像话，我也要开始做点儿什么。"

"做点儿什么呀？"

"这个……我现在开始考虑。"

"小华，"这回千智叫我的名字，"出什么事儿了吗？你要是有话要说，那我去你那儿听你说好啦！哎，就算今后的发展方向完全不同,但我们是朋友这一点不会变。"千智用认真的语调说道。

"我想说的就是这些。好了,再会吧!"

千智又说了些什么,可我已经挂断了电话。然后,我把手机撂在地板上,蹲在昏暗的玄关里脱鞋。我摁住低跟鞋后端,刚拔出脚就哭了起来。另一只鞋还没脱掉,就蹲在原地放声哭起来。我故意发出孩子般的哭声,这样就能产生拥有过某物的感觉。我能感觉到,自己曾经拥有过,就在刚才失去了。为了保持这种感觉,我故意持续不停地痛哭。

我的自制蛋糕

父亲在圣诞平安夜打来电话。因为我当晚没有任何约会，千智也顾不上陪我，我就早早回了家。我感到父亲似乎对此早有预见，就冷淡地问："什么？什么事儿？"

"妈妈……妈妈她……"父亲声音颤抖着反复说道。

都那么大年纪了，就别再用"妈妈"这个词啦。我在心中暗暗地挖苦并急不可耐地问："我妈怎么啦？"

"妈妈可能要死了。"父亲叫喊着答道。

我目瞪口呆地望着天花板，想说话却不知该说什么。父亲语无伦次地开始说明情况，可我根本听不明白到底是怎么回事，就是"医院"啦、"年夜饭食材"啦、"她说胸痛就突然"这些只言片语。我实在搞不清发生了什么状况，但还是能理解真的发生了什么大事。

我向重复地说"医院""年夜饭"的父亲问明医院地址，同时蹲在地板上记录下来。

我挂断电话巡视屋内，脱掉早已穿好的睡衣，穿上手边的毛衣和裙子，从衣柜里拽出大衣。啊啊，打电话，我再次拿起电话摁下妹妹奈惠的号码。

接电话的是她的女儿桃子。"喂，啊……华姨……那个……那个……今天呢……"桃子开始黏黏糊糊地说话。"妈妈，妈妈，叫妈妈接电话，快叫妈妈，有重要的事情。"我反复多次催促，奈惠终于接了电话。我能听见她背后有圣诞歌和孩子们欢闹的声音。

"喂，刚才老爸给我打电话，说妈妈病倒了。我现在就去医院，你也尽快去一趟。"

我飞快地说完这些话，奈惠瞬间沉默了。我想，她可能也像我刚才那样目瞪口呆地望着天花板。

"你说什么呀？"奈惠像要笑出来似的说道。

"老爸慌了神，说的话有些听不明白，但可能真的出大事了。总之，我现在就去。"

我刚要挂断电话，听筒中漏出奈惠的声音："要是骗我就揍死你！"

我套上大衣，确认钱夹里还有钱就塞进提包。接着关掉空调电源，慌忙抓起手机。我拨了千智的手机号，却是留言模式。我留言说"可能要休息几天"，然后慌里慌张地来到玄关，突然发现脚上没穿丝袜。我返回房间去穿丝袜，又发现丝袜颇为精彩地破了个洞，我一边咋舌一边换了双高筒袜。

煤气已关，电灯已关，空调已关，窗户已关，我非常认真地用平时不做的手势确认，然后连滚带爬地冲出房间。

我朝车站跑去。商业街相当热闹，电线杆上装饰着彩灯花环，喇叭里播放着圣诞节乐曲。在便利店和西点铺门前，装扮成圣诞老人的青年声嘶力竭地叫卖堆积如山的糕点。情侣和带着孩子的母亲、提着糕点盒貌似工薪族的男人在商业街来往穿梭。眼前的一切都显得光彩夺目。那些情侣们,台板上堆积如山的蛋糕,文具店前的圣诞树,公寓房窗口漏出的橙色灯光,粘有干硬变色口香糖胶的人行道,破旧的邮筒……一切的一切,怎么会如此漂亮?都什么时候了还在想这些?我怀着诧异的心情加快脚步。

我跳进滑入站台的上行电车,站在门旁把身体紧紧贴住车门,看到了车窗中映出的自己的影子——头发乱蓬蓬的,像要发牢骚似的盯着我。

我今年是厄运年吗?我忽然想到。啊,好像是厄运年的第二年。原来如此呀!所以我才会跟千智在经营策略上背道而驰,武山君又找了新女友,而我新交往的男人是个变态爱鸟狂,圣诞平安夜独自一人过,母亲病倒了……我强迫自己坦然淡定地接受今年发生的一切。

我在新宿站下车,随即赶往高速大巴车站。这里也拥挤不堪,每个人都有自己的同行伙伴,每个人都跟同行伙伴谈笑风生。他们都那么兴高采烈,即使被我撞到了也毫不介意。

千智打来电话，是在我买好开往饭田市的高速大巴车票等车的时候。我向千智说明父亲打来紧急电话，她好像现在就已经喝醉了。

"店里你几天不去都没事儿，你回老家一直住下去都没事儿。实在抱歉，我不能跟你一起去。不管出了什么事儿你都要挺住哦！我想不会有什么事儿，但还是要挺住哦！"

千智情绪亢奋地反复说着，我听到她的声音突然感动得要哭出来。就算是"名媛千智"，千智毕竟是千智。

"傻瓜！没事儿你哭什么呀？有事儿你马上联系我。我想不会有事儿，不过，我会尽力帮你，联系我。"

千智不厌其烦地反复说完挂断了电话。我心神不定地戳点手机，连续翻看通讯录。当我发现手指停在"W"这一行时，顿时又要哭出来了。尽管我的大脑明白不能联系武田君，可我的手指似乎尚未理解这一点，它好像依然相信，只要按两三次键就能听到武田君结结巴巴地说："不会有事儿的，我也过去吧。"这么想着我合上了手机盖走向站台。

我虽然心里隐约猜测父亲在夸大其词,但实际上还是看到母亲在重症监护室里昏迷不醒。她右臂插着一支输液针,左臂插着一支输液针,胸部插着黄、红、绿色的细管,戴着氧气面罩在昏睡。

据说,她下午要去买做年夜饭的食材,后来在超市门口的公交车站突然发病倒下。父亲坐在走廊长凳上,脚旁放着超市的塑料购物袋。瓶装糖煮栗子落在地板上,可父亲好像并未想到捡起放回塑料袋。

奈惠第二天到达,说是驱车赶到这里的。桃子在正辉的臂弯中睡着了,奈惠抱着刚满一岁的大贵。一看到我们,大贵就用双手遮着脸咧嘴笑个不停。每当奈惠说"嘘"提醒他安静时,他就好玩儿似的发出更大的声音。

父亲、我和奈惠三人被领进白色四角形的房间,医师向我们说明母亲是突发心肌梗死。医师在白板上画出奇妙的图形,罗列出××动脉啦、××的增加等我完全不懂的词语。我斜眼瞟了一下，只见父亲和奈惠也都是莫名其妙的表情。我想知道的倒不是病情之类，而是单纯地关心母亲会不会死、能不能活。可是，室内弥漫着沉重压抑的气氛，使人无法直截了当地询问。我忽然开始羡慕刚才调皮嬉笑的大贵了。如果能做到的话，我也想一边傻笑一边离开这个场所。

医师最后说，患者的危重状态会持续一周，所以希望有人留在患者身边。我们阴沉着脸对视了一下走出房间，然后在昏暗的走廊里商定轮流陪护的安排，就像很久以前在周日下午猜拳决定谁去跑腿办事一样。

圣诞节过后才两三天，那些装饰就被拆除了，而迎接新年的装饰还没弄好，城市就又恢复了宁静。虽然双节的热闹程度有所差别，但不管是在我如今居住的城市，还是生长的这座城市，情况都大致相同。我从很早以前就喜欢双节之间这两三天突兀的宁静，但是，今年看到拆除了节庆装饰的商业街时，这种冷清又使我不寒而栗。我真希望，哪怕是俗不可耐，也应该搞些塑料花、条幅和廉价的背景音乐装饰商业街。

我右手提着装有洗好的毛巾等的纸袋，左手提着装有饭团的纸袋，走在圣诞节和元旦之间异样宁静的商业街上。水果店里摆着各种色彩鲜艳的水果，裁缝铺橱窗里挂着复古式的套装。在成堆的二手服装中默默地补破洞、挂价签，跟千智一起喝酒，我感觉这些都像关于别人的记忆。与其说像关于别人的记忆，不如说像虚构的生活更为贴切。我从小一直住在这座城市，一直吃着母亲做的蛋糕，毕业后做过几次临时工作又辞掉，终于在东京开了二手服装店。我在心中描画着自己的轨迹。我模糊地想象着自己跟女同伴们喝酒，跟恋人争论分手还是不分手，就是这种感觉。

前往市立医院，需要在商业街尽头的公交车站乘车行驶三十多分钟。在这座城市，不管去哪里都得乘坐公交车。车站的时刻表上有些字迹已磨损褪色，看不清下一趟是几点发车。在不太宽阔的公路上高速行驶的，都是格外低矮的美国车和后窗内摆放过多毛绒玩具的轿车。天空阴云低沉，不远处就能看到仿佛手拉手排列的峰峦棱线。我初次去东京时，深感惊异的就是东京的天空那么高远，而这座城市的天空无遮无拦、平平坦坦，即使晴朗无云，天空也仿佛就在头顶。而东京的天空看上去很高很高，让人感觉自己仿佛被装进了没有盖子的容器里。

在街道对面，有一家磨砂玻璃门的小文具店。我在小学时代的梦想，就是把这家店里的香味橡皮擦全部买下。此时文具店好像已经打烊，那扇磨砂玻璃门的布帘已完全关闭。公交车迟迟不来，我心里惴惴不安。置身于此地，以前在东京的生活如同幻想一般。我这种感觉愈加强烈了。

我好不容易等来公交车，却在途中陷入拥堵，赶到医院已是时近黄昏。我和先前来陪护的父亲并排坐在走廊的长凳上，默默地吃着带来的饭团。

"你跟她说说话，"父亲离开前哭丧着脸对我说道，"那个……听说，患者虽然意识不清，但还能听到声音。如果多呼唤几声，患者也许会突然坐起来呢！"父亲啰唆了好多遍才离开。

母亲已从重症监护室转到单人病房，戴着呼吸机面罩，微微张着嘴，皱着眉头沉睡。我坐在租来用于陪护的折叠沙发上，观察母亲的面孔。虽然父亲叫我多呼唤几声，可我不知道究竟该说些什么。我刚要呼唤"妈妈"，护士就进来查房了。我有点儿难为情，把话吞了回去。

病房里的时间在悄无声息地流逝。本来感觉不到时间的流逝，但隐约有食物的味道和探视者离开时的嘈杂声飘进来并消失。走廊的灯光熄灭，周围完全安静下来了。

病房里只有我和沉睡的母亲。她真的像只是在睡觉，有时脸颊微微抽动，有时手臂微微抬动。每次我都心头一惊，赶紧上前察看，可她根本没有醒过来的迹象。

以我的出生为机缘，父亲和母亲把家搬到了长野。埼玉县出生的父亲和静冈县出生的母亲刚结婚时，住在东京都北千住的公寓里。在我出生之后，他们"为了孩子"而迁居到接近自然原生态的地方。父亲和母亲都曾多次这样对我说过。为什么选择了长野呢？他们对这个问题的回答有多个模式，有时说这里是婚前旅行过的地方，有时说从某处听到这里是第一宜居县，还有时会说全家一同登山是父母的梦想。两年前退休之前，父亲在木材加工厂工作。母亲早先在家做家务的时间居多，到了我和妹妹升学时期就常常外出打零工。虽说如此，他们既没领我去登过山，而我自己也不想登山。

"为了孩子"而迁居这座城市——父母的这个说法随着我的成长而变得令人生厌，简直就像妈妈做的蛋糕一样强加于人、土里土气。我就是这样想的。

这座城市里没有二手服装店。即使是父母在东京的时候，肯定也还没出现二手服装店，或者就算已经有了，他们也不会放在眼里吧。我要开二手服装店，当然也遭到了他们的反对。最后，父亲说："真拿你没办法。"或许这只是单纯的放弃，但从那以后就再也不对我的事情发表意见了。可是，只有母亲坚持反对，二手服装给她的印象似乎特别可怕。她深信，衣物一旦接触过某个人的肌肤，就会吸收那个人的所有意念。

她所说的意念，大概是指怨恨之类的负面情绪。

母亲甚至哭着说："我们送你上大学，让你去东京可不是为了干这个。"我试着说了句："我这是开了一家公司哦，我也算是个董事呢。"而结果却是火上浇油。在我看来，母亲坚持反对的表情中总是透着极为沉重的责难神色，似乎在说"我们迁居这里可不是为了让你做那种事"。

母亲说："开公司像什么话？做那种事还不如赶快找个好人家结婚，建立正规的家庭。卖旧衣服开公司的女人，哪里会有男人愿意接近？"母亲就是这样说的。在我即将三十岁时，就因此而放弃了与母亲的对话，因为这个人总是不理解我说的话。母亲大概也是同样的想法，打那以后对我工作的事情不闻不问。自从奈惠生了孩子之后，就再也不对我说结婚和家庭是女人的幸福之类的话了。据说，直到稍早前母亲还常向奈惠建议："为了孩子你们回这边来怎么样？"

"妈妈。"我按照父亲的嘱咐小声地呼唤。她真的能听见吗？"妈妈，你听我说，"我从陈旧的折叠沙发上探出身去窃窃私语,"那个……我吧,先前跟人家说要结婚,可突然就黄了。因为我觉得太没意思,所以就逃避了。于是呢,千智吧,你认识吧?就是那个千智,你见过她哦!千智说把结婚之类的事情都抛开,要全力以赴地工作,大笔大笔地赚钱。可是我呢,觉得那样也不合适,就对她说实在不愿意那样做。可是,可是呢,我不一定非得在这两者中选择不可吧。我既不愿意变成妈妈那样,也不愿意像千智那样拼命工作嘛!可是呢……"这时病房门被打开,护士走了进来,我慌忙闭上嘴。看上去比我年轻许多的护士麻利地为母亲测量血压,把输液残量记在什么上面,然后向我微笑一下走出病房,室内又安静下来。

我想继续向母亲诉说,就向病床探出身去。可是,此时我已失去没话找话的意愿,于是离开了病床边。因为我觉得,面对重病昏睡的人,我这是在拼命地自我辩解。我似乎在期待母亲突然坐起来,对尚无任何着落的我给予肯定。

我去屋角的洗脸池前刷牙,仔细而分外用力。镜子里映出母亲的脚，从毛巾被下露出苍白的脚趾。

第二天，我与奈惠和父亲轮换后回到家。据说正辉提前休年末假期，正在家里带孩子。我打开自家的房门，迎接我的是桃子、大贵和正辉，这让我颇感不可思议。先前在商业街时产生的错觉——现在自己似乎依然生活在这座城市，而且是一种充满现实味道的生动的感觉，仿佛自己就是跟这个人结了婚，生了这两个孩子，足不出户地过日子——让我几乎将此当成了现实。

"晚饭我来做，姐姐别管啦！"

当我提着装食材的购物袋去厨房时，正辉追过来招呼道。

"哦？你会做饭？奈惠一直让你做饭吗？"

"平时一直是奈惠做，我有时也会做，虽然只能做些简单的。姐姐还是歇着吧！"

"可是，我也得活动活动啊……"

我边说边打开冰箱门，不禁把后半截话咽了回去。因为我自己吃饭几乎都是在外边或用半成品加热而成，没工夫仔细查看冰箱里面，所以先前没太注意。

最上面一层是做蛋糕的材料——鲜奶油、草莓、无盐黄油和牛奶，码放得整整齐齐。母亲打算什么时候做蛋糕呢？是想买完年夜饭食材后在圣诞节晚上给父亲做吗？冰箱里鲜奶油相当多，也许母亲还想在我们正月回家后再做吧。

"哎，哎，你怎么啦，姐姐？"

当听到正辉惊慌失措的声音时，我正蹲在地上哭泣。我又听到桃子跑过来。"哎，华姨，你怎么啦？是爸爸把你惹哭了吗？"她把温暖的小手搭在我的背上。

因为我不喜欢，不喜欢母亲做的蛋糕，显得特别寒酸、陈旧老套，一点儿也不精致。我离开这个家一直心无旁骛地追求的，是与母亲做的蛋糕完全相反的某种东西。母亲真傻，她居然相信三十七岁的女儿会为了吃她做的蛋糕回家来。

哇！我放声大哭。我看到正辉在我周围转来转去的双脚，他好像非常为难。桃子学着大人的样子，用小手在我的背上温柔地抚摸。我感到母亲马上就会开门进来,用惊讶的语调说:"真烦人,你哭什么呀?我现在就给你做蛋糕,别哭啦!"

晚饭到底还是让正辉做了,说是特制什锦火锅。他在酱汤里放了圆白菜、韭菜、豆芽、白萝卜、鸡肉、鳕鱼肉、包着鸡蛋的炸豆腐泡,食材简直乱七八糟。正辉给坐在他膝头的大贵喂了一口菜,看着他咽下去后自己再吃。桃子已经能自己吃饭,但免不了洒落汤汁和米粒。正辉把电视机音量开得很大,却根本连一眼都不看。可能他在自己家就总是这样。

我怎么觉得正辉跟奈惠说的不一样呢?奈惠说正辉在家里什么都不干,是个懒散冷淡的人,可是现在看来,他又做饭又带孩子,难道不是个好丈夫吗?我一边这样想一边从火锅里夹菜。这时,正辉说话了。

"在客厅里放着这俩小家伙的包包和衣服,都叠得整整齐齐呢!可能是妈妈为我们做的吧。昨天,奈惠看到那些东西就大哭了一场。虽然以前妈妈也给我们送过很多,可奈惠当时就毫不遮掩地对妈妈说太土气了。"

"客厅里？她是不是打算在过年时交给你们啊？"

"可能是吧。妈妈以前好像还买过《面包超人》啦、《皮卡丘》之类的书自己研究过呢！就是为了不被孩子们说她太土气。"

正辉说着自己也带上了哭腔，用筷子夹起煮萝卜块吹一吹，然后送到大贵嘴边。我给正辉的杯子里斟上啤酒，然后环视屋内。

"手工自制教总部"——我在高中时曾在心里如此称呼这个房间。像什么门把套、纸巾盒套、窗帘、沙发套、十字绣台布、餐垫、画框布套、餐桌脚和椅子脚的护套、防烫手套、锅垫，全是母亲手工自制。这里正是总部的城堡。

酱汤味的特制什锦火锅有种男人的味道，是一种并非女人能做出来的、粗朴而有气势的味道。我吸溜着酱汤，刚才产生的错觉愈发膨胀起来……

坐在对面的男子是自己的丈夫，他膝头上的孩子和坐在我身旁的孩子都是我自己受痛所生。将手工自制用品装饰在周围，就像筑起对外屏障，保持适当温度活在城堡中的另一个我。

可怕的是,我当晚甚至想到——如果真能这样倒也不错,白天给大贵读画书,在大贵睡觉时自己手工缝制春季使用的靠垫布套。在快到傍晚时去幼儿园接桃子,去超市购买特卖品,自制名目繁多的晚餐,为下班回家的丈夫倒上冰爽的啤酒……这种生活有什么不好?自己怎么就一直顽固地抗拒呢?

"正辉,你觉得结了婚生活快乐吗?"我向正在撂起空碗碟的他问道。

"哦,我从没考虑过什么快乐不快乐。"正辉愣愣地看着我答道。

饭后,在正辉招呼孩子们洗澡时,我去客厅里看了看。在壁橱前,确如正辉所说,手工制作的物件堆成了山。我坐在冰凉的榻榻米上一件件地察看,上幼儿园用的包包有五种,运动鞋袋有四种,盒饭袋有五种,防灾帽有两顶,还有粉红色毛衣、蓝色毛衣,阿伦花样编织的白色毛背心两件,连指手套两副,羊毛连衣裙,夏季衬衫,成套睡衣……

我忽然心头一动，随即打开壁橱察看，只见下层放着被褥，上层摆满了写有详细标记的收纳箱。我拉出写有"小华、奈惠童装"的收纳箱，一开盖就闻到刺鼻的卫生球味。在塑料袋里，鼓鼓囊囊地塞满了我特别熟悉的衣物。

我记得，自己曾在上初二时对母亲说过，已经不需要给我做衣服了。母亲做的衣服跟蛋糕相似，材料和款式都很陈旧，看上去早已过时。我曾想坐电车去松本市，在帕尔科商城买衣服，就像朋友们穿的那种牛仔裤、运动装和后领缝有标签的上衣。

我把令人怀念的衣服在榻榻米上铺开，入神地端详着，向日葵图案的连衣裙，这条用平绒布做的裙子我曾在钢琴会演时穿过。那条胸部缀有小熊图案布贴的马甲裙，奈惠也穿过。还有两种盒饭袋，用细绳扎口的荷包型和用尼龙扣封盖的信封型。在去上钢琴课时带的包包上，绣有五线谱音符。

这就是母亲心目中的家。我坐在一大堆童年服装中间突然有所领悟。吃的东西、接触身体的东西、进入眼睛的东西，全都尽量用自己的双手精工细作，以此保护家人不受侵害，这就是母亲心目中的家。这与有趣或无聊毫不相关。母亲在比我现在还要年轻的时候，为了创建这样的空间而努力亲手制作一切，而且事实上她已经完成了这样的创建。母亲之所以不厌其烦地唠叨我"快结婚""要成家"，并非想把自己的生活方式强加于女儿，而肯定是不想让自己亲手创建的城堡遭到否定。哎，我做的事情是正确的吧。如果认为我做的正确，你也要做正确的事情哦！母亲想说的肯定就是这个意思。

走廊里响起急促的脚步声，隔扇门猛地被推开。

"哇！华姨在玩摆摊游戏吗？"

桃子尖声叫着跑进房间。

"桃子，这里有你的睡衣呢！穿上试试吧？"

"嗯！穿上试试！"

桃子立刻脱掉从她家带来的睡衣，扔在一边，我帮她穿上母亲缝制的方格纹布睡衣。看样子这是在相当久之前做的，袖子和裤腿都有些短了。不过，只有前后身富富有余，纽扣都能扣上。

"短啦！短啦！"我笑着说道。

"短啦！短啦！"桃子学我说着笑倒在榻榻米上。

孩子们长得特别快，大人们绝对无法准确把握。大人为保护孩子而张开手掌，可是不久就会发现，孩子的脚腕和手腕都已经露在外边了。我的鼻子一酸，但我不会再哭了。桃子好像特别喜欢"短啦"的语感，我跟蹦蹦跳跳的桃子一起放声大笑。

意外就在转瞬间发生了。今晚轮到我去医院陪护，下午四点钟我出门时就给父亲打了电话。父亲说他确认母亲状态平稳后外出抽烟，顺便去便利店买晚餐，而母亲就在这不到三十分钟之间咽了气。当我赶到医院时，母亲已经没有了呼吸。因此给我留下这样的印象——母亲是在确认周围没人时匆忙停止了心跳。这确实像极了母亲的个性。迟到一步的我和慌忙返回医院的父亲以及领着正辉和孩子们赶到医院的奈惠，都无心为没能在母亲离世前最后看一眼而责备自己或别的什么人。

我、父亲和奈惠三人擦拭母亲的遗体，更换衣服并化妆，又为母亲润过了嘴唇。外边天色早已暗下来，我们的身影浅浅地映在窗玻璃上。谁都不言不语，一边吸溜着清涕一边默默地操作。

我们的动作很快，有种公事公办的感觉，多道步骤迅速完成。葬礼决定在正月头三天过后举行，确定了殡仪公司和葬礼会场，联系好了各家亲戚和菩提寺的僧人。就在我为诸事奔波忙碌的时候，有一天突然发现，先前十分冷清的商业街上已有许多出售注连绳的货摊，各处还挂着欢度正月的彩饰，喇叭里连续播放古筝乐曲。除夕到了。

"今晚我来做好吃的。"

所有该办的事都已办完，大家一起回到家里，奈惠像发表宣言似的说道。

"好吃的！好吃的！"桃子兴高采烈地嚷嚷，大贵也学着喊起来。

"说什么好吃的……"父亲面露难色。

"大家这几天都没怎么好好吃饭，可是营养必须充分保证哦!所以,我这就去买东西。"

"我去吧!"正辉说着站起身来。

"不,不用了。我去一趟,你招呼孩子们吧!"奈惠制止道。

她干脆利索地说完就拿起钱包走向门厅。我叫住了正在穿鞋的奈惠。

"奈惠,你再买些草莓。虽然这几天不会降价,但你还是要挑最好的买哦!"

由于这几天痛哭不止,奈惠眼皮还有些红肿。她抬头望着我,就像下定重大决心似的使劲点点头,然后跑出门去。

奈惠所说的"好吃的"就是火锅。看看她买回来的食材,有维也纳香肠啦、氽沙丁鱼丸啦、牛肉啦、菠菜啦,比正辉做的火锅还要杂乱得多。

"你这是什么火锅?"我向在厨房做准备的奈惠问道。

"三十品火锅。"奈惠挺胸答道。

"难道你们平时都吃火锅?"我边洗草莓边惊讶地

问道。

"倒也不是都吃啦！不过，正辉君只会做火锅嘛！哎，姐，你在这儿挺碍事儿！那个过后再做不行吗？"奈惠见我把鲜奶油和黄油摆在洗碗池边就咋舌说道。

"过后再做？我这又要烤又要什么的，也有好多道工序呢！"

"到我煮菜时这里就空出来了，然后你再开始不行吗？"

"所以我说那样就来不及了嘛！"

我俩在厨房抢地盘，正在起居室陪桃子和大贵玩的父亲从隔断小窗露出脸来。

"你俩也该有个大人样了吧。"

父亲显得非常诧异。我和奈惠面面相觑，随即缩了缩脖子。

结果我把洗碗池让给了奈惠，转到厨房角落里开始操作。我记得好像哪里有本食谱，可在摆放烹调书的架子上和收纳食谱剪报的抽屉里都没找到介绍制作蛋糕方法的资料。无可奈何，我只好凭着以前的印象调配材料。在小麦粉中加入融化的黄油，还有砂糖、牛奶和发酵粉，全凭目测把握分量。如果觉得面团太软就再加些干面粉，尝尝不够甜就再加些砂糖。我斜眼瞟了瞟奈惠，她正表情认真地搅拌鸡肉。

在奈惠把砂锅烧上时，我把蛋糕面团放进了烤箱。可我连需要烤制几分钟都不知道。奶汁烤菜需要二十分钟，我估计烤蛋糕也一样，于是设定了二十分钟。

"吃饭喽！"奈惠喊道。

桃子发出怪声坐在餐桌旁，抱着大贵的正辉和父亲也慢吞吞地来到桌旁。椅子不够用，我就坐在母亲原先的空位上。

"锵！三十品火锅！"

奈惠把放在煤气炉上的砂锅盖打开，蒸汽像烟柱般腾起。这比正辉做的什锦火锅更令人感到惊恐，我和父亲都噤口无语。在几乎是漆黑色的汤汁里，香肠、白萝卜、菠菜、炸丸子、牡蛎、冷冻饺子都被煮得烂乎乎的。看样子很难吃！岂止如此，我甚至产生了不吉利的感觉。可是，正辉和桃子却都像早已习惯了这种离奇古怪的火锅菜一样,异口同声地说"我开动了"并探出身去。父亲和我斜眼瞅着他们啜了一口啤酒。

"哎,老爸,你多吃点儿哦!你是丧主嘛!要是撑不住可就麻烦大啦!"

奈惠精神振奋地说着,夹起余鱼丸和香肠放进父亲的碗里。父亲极不情愿地伸出了筷子。

"你妈做的'常夜锅'特别好吃呀!"父亲忽然嘟囔道。

"她只放猪肉和京水菜。不过,我最喜欢鸡肉余锅,而且要在吃完菜后煮年糕呢!"我也顺嘴说道。

"在这个季节,要吃牡蛎土手锅。"

"就是加红味噌酱那种吧。雪见锅也特别好吃哦!白萝卜泥凉冰冰的。"

"自从孩子们开始来这儿之后,就几乎都是丸子火锅啦!"

"虾肉丸子呀、墨鱼丸子什么的,颜色都挺漂亮呢!"

"大人吃那些有点儿不过瘾啊!"

"桃子还记得吗？煮着很多圆圆的丸子的火锅。"我向双肘支在餐桌上的桃子说道。

"反正我不会像妈妈那样做嘛！"奈惠突然大声喊道。

我、父亲和正辉瞪大双眼停下手来。

"穿的衣服全是优衣库牌，用的盒饭袋都在百元店买，丸子火锅、土手锅也做不了嘛！"

我们面面相觑。我想起，奈惠以前也曾这样发怒宣泄过。她对母亲的手工自制也曾有过自己的想法吧。说不定，她与我不同，曾暗自把母亲作为榜样崇敬过呢！但是，也许因为总是做不到像母亲那样，所以在购买现成的衣物和食品时，总感到自己就像从女神身边逃离出来的人一样。

"可是，老妈什么都没教给我，而且我现在也没法儿问她了嘛！"

一声怒吼之后，奈惠抬头望着天花板像小孩般放声哭了起来。桃子被奈惠的怒吼声吓得全身僵直，扭曲面孔、翕动鼻翼，有样学样似的仰望上方哇哇大哭。

看到奈惠和桃子都哭了，大贵也扭曲着脸像要哭的样子。

是啊，我和奈惠根本无意为了他人而改变自己，甚至连想都没想过。比如为了孩子迁往环境良好的居所啦，保留空闲时间为家人亲手自制生活用品啦，从来没想过这些。事到如今我才意识到。因此，我肯定永远无法理解父母的某种心思，为了孩子而迁居到陌生的土地。

"哎哟！饺子和火锅可真是绝配呀！"

父亲故意夸张地大声说着，一口吃进被泡成酱汤色的饺子，并用汤勺翻搅锅底。

"要什么三十品呀？这一品就足够一天的营养了吧。你脑袋瓜真聪明呀，奈惠！"

"是呀！是呀！我下次也学着做做看吧！炸丸子感觉也挺合适，多放豆苗是个妙招儿嘛！"

"放些猪排骨也很对味儿哦！然后还有辣白菜。"

"哦？辣白菜那些，妈妈可没用过呀！"

"毕竟是老一辈人嘛，对新食材敬而远之呗！"

父亲、我和正辉像抚慰小孩似的争论着，可奈惠依然大哭不止，再加上桃子和大贵的怪叫声，简直吵得不得了。过了一阵，我们都想不出更多抚慰的话语，就默默地吃那三十品火锅。这种料理的味道实在无法恭维，我甚至有些同情正辉了，简直是又咸又没香味，齁得嗓子发干。我们三人头也不抬，互相给对方的酒杯里掛啤酒，继续努力地吃菜。

奈惠、桃子和大贵的哭声持续不断，这时忽然从厨房飘来蛋糕的味道。这种甜香与齁咸的火锅煮菜反差实在太大，我们动筷子的速度也顿时慢下来了。叮！烤箱发出呆萌的铃声，我逃跑似的进了厨房。然后，我从模具里取出丝毫没膨胀的面坯，开始涂抹在冰箱里冷藏过的奶油。可不管我涂抹多少层，都像弄碎了的铜锣烧，而不是蛋糕。哪怕这样我也不服输，摆好草莓后，继续涂抹奶油，然后双手端着蛋糕笑眯眯地走向餐厅。

"快看！快看！桃子别哭啦！蛋糕做好喽！"

我把碎铜锣烧似的蛋糕摆在餐桌一角，刚才还在哭的奈惠斜眼一瞥，终于止住了哭泣。

"哎哟！这是什么呀？太寒酸啦！"脸上还留着泪痕的奈惠大言不惭地说道。

桃子和大贵抽噎着瞅瞅桌角上的蛋糕。

"你们不用看啦！关键是味道嘛！谁吃完火锅就告诉我，我给他切蛋糕吃哦！"

"那好，我吃！给我切蛋糕吧！"奈惠趾高气扬地说道。

我小心翼翼地切好一份蛋糕，盛在碟子里递给奈惠。她把餐叉扎进蛋糕，全桌人都看着她，简直像在做实验观察。奈惠用虚张声势的动作把蛋糕送到嘴边，然后猛地扭曲了面孔，似乎又要哭出来。

"呃，不会吧？这是什么呀？难吃死啦！"

奈惠边喊边朝厨房跑去，像是在往垃圾桶里吐东西。

"干巴巴的，一股小麦粉味儿，而且没熟透！"奈惠在厨房里埋怨道。

她简直像个小孩，因为我们拿她跟母亲比她就怀恨在心，所以才会这样夸张地埋怨。我在心里发泄不满，并给自己切块蛋糕尝了一口，然后，我也像奈惠一样跑进了厨房，蛋糕的味道、口感和评价都跟奈惠说得完全一样。

我在水龙头前漱口，心里产生了笑的冲动，实在憋不住就吐掉水笑了出来。

"烦人！太恶心了！你要么笑，要么漱口。"

奈惠站在身边戳戳我，我停不下来，抓住奈惠的肩膀继续笑。大女儿做的是超级难吃的蛋糕，二女儿做的是三十品火锅，手工自制的母亲过于热衷个人信仰，导致传道失败的结果。可怜的女儿们。我忽然感到自己非常滑稽可笑，就像跟同学吃咖啡馆的蛋糕时感激涕零那般滑稽可笑。我感到在炸串店里被武田君拒婚的自己滑稽可笑，对发现已到这个年龄仍一无所有的自己感到滑稽可笑。我的傻笑似乎传染了奈惠，她也跟着笑了起来。

"能做出这么超难吃的蛋糕也是一种才能。"

"三十品火锅也相当不简单哦！桃子他们会长成什

么样的大人呢?"

"大家吃了火锅不是都说好吗?可这蛋糕咽不下去呀!"

"真够呛!真够呛啊!咱们!"

我和奈惠仍像儿时那样互相轻轻地戳戳对方,持续不停地笑着。在厨房门口,父亲和正辉用担心的目光望着这边。尽管我们在不停地笑,可除夕夜的家中笼罩着不可思议的静谧。为了打破这种静谧,我们就持续不断地笑着。

从车站返回自己公寓的途中,我就像考试没得高分不想直接回家的孩子一样,拐上一条平时不走的路。虽然这只是熟路近邻的岔路,但街景变得完全陌生起来。如此说来,我迁居这座城市后,总是以同样的节奏往返于同一条路线呀!想到这里,我放慢了脚步。路旁排列着带有宽阔庭院的大宅子,寂静无声完全没有人烟气息。那些陌生人家的院子里长着很多树木,傻大傻大的就像防护林。

前边忽然传来热闹的声音，我走过去看到一座幼儿园。院子相当宽阔，各个角落里装有色彩鲜艳的玩具。院子里有很多小朋友，像在举行什么活动，他们欢呼雀跃地做着游戏。

我不由自主地走近入口的栅栏门边，注视着里边的孩子们。其中有我，有奈惠，我的视线追随着跑来跑去的孩子们。那当然既不是我也不是奈惠，之所以看成了我和奈惠，是因为我觉得他们穿的衣服似曾相识，例如：胸前缀有小熊图案布贴的马甲裙，绿色的裙子，法兰绒的喇叭裤。不只是这些，还有我因为害羞而不太喜欢的带褶边罩衫，有袋鼠兜的针织坎肩，泡泡布做的连衣裙，皮革掐腰的裙子，条绒裙裤……奔跑玩耍的孩子们穿的衣服都很眼熟。我立刻想到那是母亲做的衣服——我和奈惠被迫穿过、后来嫌土气而丢开的数不清的衣服。孩子们穿着那些衣服天真烂漫地追逐嬉戏，笑声在阴云低垂的空中回荡。他们穿在身上的一件件衣服仿佛放射着光芒，看上去特别美。我想起在圣诞平安夜漫步商业街，当时市区的一切看上去也都像这样熠熠生辉。

我在醒来后的片刻之间，没能判断出这是梦境还是现实。这场梦居然具有如此鲜明的现实性，甚至包括声音、气味和色彩。我盯着直到高中毕业前天天都会注视的天花板看了一阵，终于嘟囔道："原来是梦啊！"褪了色的窗帘后面已是光明灿烂。

原来是梦啊！我在心里再次嘟囔道，并只转动眼球看了看闹钟，现在是十点过五分。

我躺在床上没起来，背部继续感受着早已变薄的床垫。近似于解放感的安心感充满全身，我真想永远沉浸其中。直到昨天仍痛彻心扉的悲伤现已荡然无存，痛苦已从我心中消失，现在只有纯粹的安心感。这大概就是因为那个梦。为了回味那个梦的细节，我再次紧闭双眼，眼帘内一片明亮，屋内完全静下来了。这并非毫无声响的那种静，而是更深邃的寂谧。当我力图回味那个梦时，许多细节纷纷飘落并消失，只剩浅淡的色彩在随处飘动。

我忽地睁开眼睛，猛然从床上起身，径直跑出房间冲下楼梯。然后，我打开日式客厅的壁橱，把工整地写着小华、奈惠的纸箱全都拉出来排列在榻榻米上。卫生球的气味直冲鼻腔，梦中陌生孩子穿的那些衣服接连出现在眼前。与此同时，往日的记忆也被牵拉出来——仰望广阔的天空、单杠的铁锈味、父亲那一贴脸就扎得生疼的胡楂、奈惠小手潮湿的掌心、从无袖衫露出的母亲丰腴的臂膀……

我心中产生了似乎有所领悟的焦躁和兴奋。我感到，眼前摆放的儿童服装，在梦中轻轻飘动的记忆中的服装，其中就有我想做的事和应该做的事。千智不是想经营我们曾抵制过的二手名牌货吗？说不定，我那样做就能举起反对她的大旗。不过，那究竟会是什么呢？

隔扇门呼啦地被推开，门缝中露出奈惠的面孔。

"早上好……你在干什么？哇！真令人怀念！"

奈惠穿着睡衣就进来了。我把摊开的衣服一件件收起来。

"这件衣服去动物园时穿过吧？当时姐姐真的很害

怕地说，牛看到红色就会发起攻击呢！"

"你还记得这件颜色不同的连衣裙吗？奈惠哭着说也想穿黄颜色的。"

"不是啦！小华看着我的说，蓝色是男孩穿的，所以我才哭的嘛！后来妈妈重做了一件，对，对，就是这件。"

奈惠从衣服堆里取出一条黄颜色的夹克裙。虽然熨烫得十分平整，但已经褪色了许多。

"这个只能扔掉了吧。"我嘟囔道。

"给桃子穿恐怕不合适哦！款式太旧，颜色也太淡了。"

"奈惠，这些衣服全都给我。"我不由自主地脱口说道。

"啊？那倒也可以。不过，桃子和大贵的我要带走哦！"

"旧的就行啊！我只要旧的。"

"你是要卖吗？可是，这种喇叭裤，如今爱时尚的妈妈们不会买的呀！颜色也有点儿俗气了吧？"

"我还没想好是卖还是怎样处理……"

究竟是什么呢？我想做的是什么呢？现在还不十分清楚，但反正我不想把这些特别眼熟的小衣服扔掉。虽然我知道把这些早已不用的衣服都带回自己家也许只能增加更多废品，但我又隐约感到从中能找到我想做的事情，因而对它们有种依赖感。

"啊，我肚子饿了。昨天剩了些火锅菜，要不就加些年糕煮煮？"

奈惠站起身来走出房间。

这些旧衣服确实没办法卖。就算二十世纪七十年代的服装重新流行，也不等于当时的服装能直接热销。无论何时，能热销的旧服装都是改成当下流行的花样和款式。虽说是旧衣服，但之所以能使人爱不释手，就是因为其中含有某种新潮元素或拥有某种创新组合的空间。正如我不愿在店里摆放二手名牌货，千智也不愿意摆放过时的童装一样吧。所以，我必须从另一个角度思考问题——不是在店里经营销售，也不是将其废弃……

"妈妈……"桃子的哭声传来,父亲走下楼梯的脚步声传来,大贵在二楼发出怪叫声,奈惠用刺耳的锯金属声呼唤正辉,而正辉粗声大嗓地回答,接着桃子开始尖声尖气地撒娇,奈惠歇斯底里地训斥,父亲过去柔声地哄劝。我的思路就被这些声音频频打断,不能顺利地拓展。

"哎呀,吵死啦!"我冲出客厅怒吼道。

从厨房里飘出火锅剩菜的酱油味,窗帘拉开几厘米的缝隙,干爽的正月阳光照进窗内。我走进起居室,边发牢骚边收拾随手乱扔的报纸和玩具。接着,我取出塞在沙发中间的玩具车,收拢父亲为挑选母亲遗照而弄得散乱的相册,再把报纸放进母亲手工自制的报纸筒里。

母亲把家中打造成摆满自制品的城堡,千智力图以开拓新商机打造自己的城堡,武田君逆转以前的好恶也要打造自己的城堡。

哎,妈妈。我在心中向母亲诉说。我能做什么呢?我可以通过做什么来打造只属于自己的城堡呢?我不要像妈妈那样的城堡，也不要像千智那样的城堡，更不想住在武田君的城堡里。我总是这也嫌弃那也不愿意做，还能超越发展吗？

我突然发现，自己在向母亲诉说这样的话，不禁发出苦笑。都三十七岁了，还像幼儿园小朋友似的跟母亲说话，我在为这样的自己发出苦笑。屈指一算，母亲在我这个年龄时，作为长女的我应该都十岁了。

"烩年糕做好了，去洗手吧！哎，桃子，带大贵去洗手！嗨，老爸，快把正辉君叫起来呀！大家都利索点儿嘛。"

奈惠那锯金属般的嗓音伴着刺鼻的酱油味飘了过来。我使劲地拉开窗帘，然后慢慢走向厨房去帮忙。

记忆的绘本

我曾以为所谓的丧失感与悲痛感完全相同，但似乎仍有微妙的差异。

我小时候经常发呆，母亲和同学都因此而取笑我。而且我常常被人问道："你在想什么呢？"这时我就回答说："什么都没想。"我确实什么都没想。当我目不转睛地望着眼前的花朵啦、窗帘啦、黑板啦什么的时候，会感到自己变成了空壳，过一阵就扑哧地瘪下去了。所以，我只是在玩味这种感觉而已。

自己渐渐变成了空壳，正月以来我应该一直就是这种状态。

从老家返回后的第二天，我寄发的纸箱就送达这边的公寓了。我打开这三个纸箱并取出其中的衣服，房间里立时充满卫生球的气味，我和妹妹奈惠穿过的很多旧衣服铺满了地板。我忽然发现，坐在旧衣堆中央的自己很快变成了空壳，仿佛就要扑哧地瘪下去。我慌忙地把衣服一件件展开，漫不经心地分类。几乎是新品还能穿的衣服，有开线和染渍等毛病的衣服，陈旧褪色却不知为何依然保留的衣服。每当拿起一件就会激活一段有趣的记忆，仿佛发出咻溜咻溜的声响浮现在眼前。下雨天跌倒弄脏裙子却不敢说只好藏起来，那条特别喜欢的连衣裙短得不能再穿令我深受打击……从陈旧的小衣服中唤醒的都是已经丧失的记忆，感觉自己很快又变成了空壳。

门铃响了，我贴近房门猫眼看到千智站在外边。我打开门，冷得惊人的空气吹进来，千智低着头呆立在门口。

"快进屋呀！外边冷吧？"我催促道。

可是，千智没有抬头。

"抱歉，我……不知道。"她小声地嘟囔道。

"哦，没关系，因为我没说清楚嘛！你当然不知道啦！"我笑着说道。

千智仍不肯进门，我就拽住她的胳膊。她进门后，我闻到一股冬天特有的冰冷尘土味。

"是我不好，请假这么多天。你冷不冷？喝杯热水烧酒吧？"

千智忸忸怩怩地站在厨房门前。

"这个，给你……"她嘟囔了一声，从挎包里取出纸袋，好像是奠仪。

"不，这个我不要。"

虽然我拒绝了，千智却不肯收回，我就道谢后接了过来。我再次问："喝点儿热水烧酒行吧？"千智这才微微点头。

我在厨房里烧水，心里感到像小孩似的我们有些滑稽。虽然面孔已经完全是大人的样子，而且在开公司做事业，可有些事还是不太懂。我和千智都难以接受某个人已永离人世的事实。

我端着热水烧酒走进起居室，只见千智伫立在散乱的童装中央，呆呆地望着它们。

"'名媛千智'怎么样了?"

"嗯,很顺利。"千智表情沮丧地答道。

"啊?很顺利吗?"

"嗯,很顺利哦!意想不到地顺利。到底还是名牌货深入人心啊!"

千智用双手捧住我递去的酒杯,呼呼地吹了几下后送到嘴边。

"那……有可能跟吉雄合作吗?"我问道。

"是吉野君哦!"千智轻轻瞪我一眼,"那个还办不到,但是,比二手服装赚得多多了。典当铺店主儿子的顾客也有不少分流到这边了。"

我们默默地啜吸热水烧酒。因为安静得有些不自然,我就打开了电视机。于是,欢闹的嘈杂声在室内流动,感觉与去年没有任何变化。千智盘起腿坐下,面朝电视机。我也有心没心地看着电视,播放的节目是改造破旧不便的老屋——颓朽的墙壁被拆毁,腾起的木屑尘土笼罩了画面。

"虽然在这种时候不太合适,可我还是想跟小华好好谈谈。"千智盯着电视机说道。

啊，终于来了！我想道。哎，咱们分开各干各的吧！我预料千智会这样说，就抢先重复这样的道白。我觉得咱们别再做不靠谱的事儿了。嗯，也许那样挺好啊！我就从容地笑着对她这样说吧！

"我觉得咱们还是分分工比较好啊！"

"啊，嗯，嗯，也许吧！"我盯着电视机点点头说道。

然后，我斜眼瞟了一下千智，她也一直盯着电视机，相当干脆麻利地开讲了。

"这段时间我要专门打理新店，就想把切尔西彻底交给小华，所以呢，我觉得应该实施进一步的分工，例如：把进货手续等杂事都交给小金，把网络购销方面都交给小栗，财务就都交给砂原。"

"啊？那我做什么呀？"我发出可怜巴巴的声音。

"我觉得做你想做的事就行啊！如果你想自己掌握进货的话，就把看店的事儿交给小金。或者你要是注重店里的话，就把内部事务全都管起来。如果小金说她学业太忙的话,那就给周三来打工的里中加些活儿,或者再找新人也行。"

我不明白千智这个举措的本意是什么,就只是继续盯着电视看。最近商店经营确实有些混乱,从批发商那里进货由我和千智安排,而后续工作就是谁有空就随机进行应急处置。切尔西的仓库里有两册厚厚的记录本,其中一册用来记录收支账目,写得乱七八糟,每周一次由税务师带走记账。而另一本潦草地记录着需要做的事情——网购订单发货、到款确认以及向批发商订货和进货的状况等等,经手该项工作的人就在上面盖章。我有时挂价签,有时清扫店门前,小金清点进货或向同业者发送诉求信。我明白,千智说的是要整顿这种随意而无序的"谁有空谁做"。可是,难道在整顿业务体制的同时连我的存在也要被优化掉吗?我怀着卑屈的心情表示怀疑。

"哦,那个……如果维持现状的话,小华就真的像个打工的了,不是吗?"千智似乎看透了我的心思,难以启齿似的说道,"要是这样的话,那个店究竟是谁的就不清不楚了，对吧？而且我经常不在店里嘛！我的想法是，那边就以小华为主导继续发展。所以呢，我不想让你做那些打工妹做的杂事哦！"

哦，是这样啊！原来，千智并不是想把我优化掉呀！我好像理解了。千智这是要帮助我呢！她这是要帮消极自闭的我激发责任感和自觉性呢！她开创新事业忙得不可开交，还为我考虑得这么周全。本来我应对此有所理解并完全放心，可不知为何依然忐忑不安。

"我最初为什么开二手服装店呢？"

虽然我已经理解了千智的本意，却还是说出了这句话。

"为什么？！去英国旅行时……"

我打断千智的话头，抱住双膝继续嘟囔道："嗯，倒也有那个原因。不过，那时我妈最厌恶二手服装嘛！我想会不会就是这个原因呢！"

千智发出一声叹息，听起来像是"嗯！"，又像是"嗯？"。在电视画面中，先前拆墙翻新的房子即将完成——原先的榻榻米变成了木地板，原先的脏乱差厨房变成了爱尔兰式锃光瓦亮的烹调间……画面中连续展示着巧妙装修的各个房间。

"我在想，要是我妈当时对我说'开二手服装店？好呀！好呀！开吧！开吧！'的话，我会不会坚持努力到现在呢？"

千智什么话都没说，轻轻地展开她身边的西式服装——水手服连衣裙。在裙子的腹部缀着一片帆船形的布贴，这是我弄洒酱油染的污渍。我想继续讲述就张了张嘴，却忘了想说什么，为了掩饰就把盛烧酒的玻璃杯端到嘴边，但酒已经没有热度了。

"你是说你现在没有动力了吗？"千智仔细叠好水手服连衣裙并小声地问道。

"那倒不是……"我边嘟囔边找词，"我的意思不是因为谁让我做或不让我做，而是想以更加纯粹的心情去做愿意做的事儿。"

"那就是说，因为掌握切尔西的主导权也是别人叫你做的，所以你就不愿意做了？"千智有所顾忌地问道。

我忽然感到深深的自我厌恶。千智明明为我考虑得十分周到，可我为什么还像深海鱼似的一动不动呢？

"要不要做做儿童服装呢？"

虽然我只是为了从自我厌恶中逃脱才这样说而已，不过说出来后自我厌恶的情绪确实有所缓解。我觉得自己似乎已经不是只会闹别扭的小孩了。

"嗯，儿童服装，做做看吧！"我又说了一遍，"我过新年时做了个梦哦。在梦中，这些旧衣服都穿在小朋友身上，虽然有的开了线，有的沾了污渍，有的褪了色，可在梦里都显得那么挺括鲜亮呢！那个，就是因为还有人穿，所以看上去非常靓丽吧。我就想做这样的事情哦！不是原样不动地出售这些旧衣服，而是经过加工突显各自的亮点……"

"那不挺好吗？"千智终于扭过头来正面看着我说道。

"好吗？"

"好啊！我觉得挺好啊！就在咱们店里翻改一下不挺好吗？与其包给别人进行专业加工，还不如像做复古式提篮时那样自己动手，说不定会大受欢迎呢！"

"咱们也可以出去收购，因为小孩的衣服替换得很快嘛！不过，因为没有启动资金，就先用兑换券收购也可以，比如能在千智的二手名牌货商店使用的兑换券等等。"

"啊！这样也许可行呢！因为咱们没搞过对个人的收购，所以这就算是新的尝试。如果不想投入资金的话，那就搞委托代理制不也可以吗？"

我看了看千智，等待她的豪情壮志再次蓬勃发芽。我们曾共有这种想做事的豪情壮志，而且要与金钱和体制脱钩。对呀！这就是不管别人是否同意自己都愿意做的事情——把快脱落的布贴重新缝好，把破洞补好，全都进行改头换面，连同渗入其中的所有记忆送给身在某地的某个人，以"现役"的状态穿在他或她的身上，一直穿到衣服变成磨薄失弹的布片——我在心里这样鼓励自己，却发现曾经有过的跃跃欲试的干劲并未到来。

"不过，这简直就是生态友好型大妈的感觉呀！"

我在自嘲的同时不禁热泪盈眶。翻改淘汰的童装出售，只从表面看，确实与那些主张减废而去跳蚤市场出摊的生态友好型大妈毫无两样。难道我想做的就是这种事情吗？

"不，我觉得不像生态友好型大妈哦！因为这是正经生意嘛！"

千智像是在安慰我，随即噗哈地轻轻笑出了声。

"瞧！你还是把我当成生态友好型大妈了。"

"那有什么不好？不管是生态友好型大妈还是什么，如今已是生态友好型时代了嘛！'乐活主义'哦！慢生活哦！"

千智憋住笑说着，说完后又爆笑不止。我感觉自己傻乎乎的，于是也跟着千智笑起来。我们把早已凉透的烧酒放在中间，继续傻笑了一阵。到了最后，竟一时搞不清到底为什么而笑了。

"好吧！你可以慢慢做嘛！而且现在已经有了切尔西，我刚才说的话你也好好考虑考虑。"我们笑了一阵后，千智站起来这样说道。

千智一走我就会感到寂寞,如果我说"你今晚就睡这儿吧",她应该会同意。可是,我没这样说,随即送她到门口。

"谢谢你的奠仪哦!"我说道。

"哎,小华,"千智把围巾在大衣领间缠了几圈,突然严肃地对我说,"就算你觉得不正规或没兴趣做,有时也不能不做哦!"她说完这句话立刻露出微笑。"那好,再会吧!"

我与她互相挥挥手,随即关上了门。这时,我突然想到制作凉粉的工具,感觉我们像被装入其中,然后又猛地被挤了出来。我们明明还是尚未适应人终将死亡这个自然规律的孩子,但实际上我们已是成年人了。我回到房间,只见千智的杯中还剩下三分之一的热水烧酒。电视机依然连续不断地发出欢闹声,可只剩一人的房间里像浮在水中般宁静。

我开始去上班,须臾之间就恢复了原先的日常生活。千智此前说过要协商分工制事宜,或许是因为新开的二手名牌货商店太忙，她一直没来切尔西露面。所以，我就仍像以前那样，买来蛋糕跟打工女孩们躲在柜台里边悄悄分享。我打探与我年龄相差近一轮的女孩们的恋爱情况，时而嬉笑，时而说教，一有顾客就慌忙把蛋糕藏起来。我曾几次想对小金她们说，有可能协商让她们成为正式店员的事情，但一直没说出来。我自己对被指令做事非常抵触。

"啊，贵理惠！"小栗瞅着我打开的杂志说道。

"怎么，熟人？"

"你不知道贵理惠吗？她最近常在媒体上露面呢！"

"社会名人？"我反问道，同时想起以前也在杂志上看到笑容可掬的女性。那次是跟千智看到照片，有位女性在毫无现实感的房间里，也是这样露出笑容。在我膝头的杂志上，那个叫贵理惠的女性是在露天咖啡座里。报道的标题是"从日常用品中培养美的意识"。

"她是一位设计师哦！听小金说是她熟人的熟人。"

"哦？小金！她有这么厉害的熟人啊！"我把视线投向杂志。

"不是她的熟人,是她熟人的熟人啦!常用型的哦!普通人分常用型和非常用型的吧?像我吧,家里的东西全都没有任何区别啊!"

小栗的话引我发笑,我继续浏览杂志上的文章。在表参道上有家咖啡馆,里面使用的所有餐具都是那个贵理惠设计的。这个人的能量是从哪里来的呢?我开始思索这个问题。

"欢迎光临!"小栗亲切地招呼道。

我望了一眼进店的顾客,随即合上了杂志。

"我去清点一下进货!"小栗说完就朝里屋走去。

在千智来过的第二天,我到一个向第三世界贫困地区捐赠旧衣服的团体访问。我并没有明确意愿要做募集童装的志愿者,但在反复琢磨千智昨晚说的"就算你觉得不正规或没兴趣做,有时也不能不做哦"话时,忽然想到既然要做就正儿八经做个生态友好型大妈吧!说到生态友好型大妈就是志愿者,我的想法就是这么单纯。

那家事务所在世田谷电铁沿线的公寓套房里,与普通人家毫无区别。接待我的是一位五十多岁的女性,剪着短发,没有任何脂粉气。她的态度很不和蔼,不知是真本色如此还是当时心情不好。在四个角落摆着纸箱的餐厅里,她与我对坐在材料和信封堆成小山的餐桌旁,情绪焦躁地说:"有些人误以为这里是资源废品收集点,实在叫我太为难啦!"

"如果换成你的话,别人送来满是污渍、走样变形、缺少纽扣、破了洞的衣服会怎么想?我倒不是说必须送来崭新的衣服,但是应该记住这衣服是要送给别人穿的嘛!难道这是要愚弄人吗?难道别人只要穿上脏衣服就能满足吗?难道那些人自己能穿着有破洞的裙子在大街上走吗?应该自己先检查一下脏不脏、破没破,或者适当地送到洗衣店处理或者自己清洗熨烫,然后再送来才对嘛!"

她仍坐在椅子上,伸手把近旁的纸箱拉过来,然后取出里面的衣服。"你看嘛,这个!"她把衣服一件件拿起来,并用双手在我鼻尖下摊开——领子完全失去弹性的T恤衫,留着可能是红酒的浅浅污渍的衬衫,留着虫蛀痕迹满是毛球的毛衣，膝部已撑起鼓包的牛仔裤……这些衣服是否洗过都令人怀疑，所以看上去确实都像要被丢进垃圾箱的衣物。

"而且吧，最叫人为难的就是那些采用运费到付方式寄货的傻瓜。这里可不是以他们为服务对象的志愿者哦！通常吧，都是捐赠者个人支付运费，而且向国外寄送的运费也要捐赠者个人支付呢！"

她一边仔细地叠好取出的衣物一边焦躁地诉说。在她告一段落时，我插嘴说："那个……"她目光炯炯地看着我。

"像缝补破洞和清洗什么的都没问题，我可以做好。只是……那个……我捐赠的衣服吧……送到哪里去了，我能知道吗？"

我被她的气势震慑，话都说不利索了。这个提问就像在她先前开始燃烧的怒火上浇了油。

"你是说连那种事儿都得这里包办代替吗？例如你捐赠的衣服送到老挝某村的小阮手中了，这种事儿怎么可能都告诉你？包括通过运费到付这一形式寄送的和像扔垃圾一样扔掉的；你知道有多少人把衣服送到这里吗？这里只管把那些衣服寄往需要的地方，根本管不了你的连衣裙送到哪里。其实日本人完全不清楚志愿者是怎么回事儿嘛，他们好像总觉得自己是在为我们做事儿。不仅这种自以为是难以消除，而且绝对期待获得精神上的回报。这不叫自私还能叫什么？哎，如果想得到回报的话，最好去干点儿别的啦！"

她就从这时开始，没完没了地谈论错误的志愿者观。大王制纸、河童虾条、乌龙茶……我一边漫不经心地读着成堆纸箱上写的字，一边垂着头听她说。

我渐渐搞不明白自己为什么坐在这里了。我觉得，自己听了千智的话后做出的行动既浅薄幼稚又有欠思虑。虽然我真心希望让别人穿上已被淘汰的童装，但我的愿望与这位女性所做的事情完全不同，或许自己本来就欠缺那种为别人提供某种帮助的纯粹善意。生态友好型大妈——虽然我昨天开过这样的玩笑，却根本没考虑过什么生态之类的问题。

"我很抱歉！"当她的大发议论再次告一段落时，

我赶紧插空点头道歉。

"没必要道歉啦！不过，你要是想做志愿者的话，就请回去好好考虑什么是志愿者吧！总之，不是为了得到回报才给别人做事哦！"

我向送到门厅的她行礼，然后离开了事务所。虽然感觉此人有些可怕，却又觉得就应该是这个样子。我和千智决定开二手服装店时也是气势汹汹，后来千智决定经营二手名牌货商店时肯定也跟她一样吧。心里有很多想说的话，太想谴责那些错误认识，太想坚持自己所确信的道路。我刚才面对她时还有些畏缩，而现在走向车站时却开始羡慕她了。

我坐在分类摆好的童装中央，考虑要把它们寄到育婴院、儿童福利院或偶尔在电视上看到的柬埔寨学校，可是，我同时又不禁想起刚才那位女性说的话。这些衣服以及将来更多被淘汰的童装得以在新天地中生动活泼地舞动。我希望看到这种情景的心愿与志愿者及慈善精神完全不同，却又觉得想给人提供某种帮助是一种浅薄的行为。

结果，旧童装依然摊开在房间地板上，我与以前一样去店里上班，日子一如既往地运转，就感觉那件事已经无所谓了。打工妹小金以前说过——人无法忍受既不前进也不后退的那种"金太郎糖的糖心"状态。可是，或许我所追求的正是"金太郎糖的糖心"这一状态。

当我正在对照纸箱里的货品与进货单时，牛仔裤兜里的手机开始震动了。电话是纪子打来的，她说："今天要是有空闲，一起喝几杯吧！"

"啊？就今天吗？"我嫌去外边喝酒太费事，有点儿不情愿。

"我想问你点儿事呢！就是你跟武田君的。"纪子在电话那头语气急迫地说道。

"什么事儿？"

"不能在电话上说。我和村野过去，好吧？"

我难以拒绝，于是商定好了会合的地点和时间就挂断了电话。她想问的事情，大概就是我跟武田君何时分手之类的吧。如此说来，我跟武田君分手的起因，就是那次我们四人一起喝酒。我怀着几分苦涩回忆起来。

"谢谢您！"

从房间门外传来小栗的招呼声。

在我们会合的烤鸡串店里，第一杯啤酒刚刚上桌。

"你俩那会儿不是决定结婚了吗？"纪子还没喝啤酒就问道。

"别急、别急，先碰杯嘛！"村野君劝慰道。

我们漫不经心地碰了杯。烤鸡串店面临大街，宽敞的餐厅里弥漫着烟气，坐满了大学生模样的年轻人。虽然临街的窗户全都敞开着，却没有丝毫寒意。

"那次武田君不是说了吗？要跟你结婚，要妥善地为你着想。"

纪子连上唇沾的啤酒沫都没擦，就兴头十足地说道。我翻开菜单，挨个地看了一遍。

"鸡肝、猪头肉、肥肠、鸡胗，还有冰镇西红柿、酱醪黄瓜条……啊，还是要酸梅腌黄瓜吧。"

我为了确认而大声读出要点的菜品。村野君举起一只手叫来店员，并向店员小哥重复菜名。"要用盐哦。"村野君补充道。小哥劲头十足地喊："好嘞！"

"所以，我在收到武田君的婚礼请柬时，确信就是你俩结婚呢！这还用说？那次不是当场商量好了吗？可我仔细一看请柬，怎么写着陌生女人的名字？我就想搞清楚这人是谁哦！"

"啊？"我端着啤酒杯抬起头来。

村野君指着我的嘴边说："泡沫、泡沫。"我用手背擦擦上唇问他俩："什么请柬？"

"就是武田的……"

"难道你不晓得？"

村野君和纪子对视一下。

"我倒是听他说过在跟某个人交往，这么快就要结婚了吗？"

上次跟武田君一起吃烤串是在什么时候？不就是前几天的事儿吗？当时我半开玩笑地说："我可以跟你结婚。"而武田君还一本正经地说，应该寻找的是想做的事而不是不想做的事。我感觉那就是前几天发生的事情，可考虑到那时母亲还健在，就又觉得已经过了很久。各种想法在我的大脑中交错闪现。

"真是神速呀！"我笑着搪塞道。

担心地看着我的纪子和村野君对视了一下。

"婚礼在哪儿举行？"我问道。

"明治纪念馆。"纪子有所顾忌地答道。

"呵呵，还挺正式嘛！什么时候？"

"下个月二十二号。"

"二月二十二号啊！二、二、二发音都一样啊！"

我说完笑了笑，他俩没笑。

"有没有二次会？"

"在明治纪念馆举行婚礼，二次会是在青山区的意大利菜馆。"

"好搞笑。那个女人的名字记得吗？"

我根本不明白自己是不是真心想知道，反正就这样继续问下去了。对武田君的婚礼知道得越是详细，我的头脑就变得越是麻木，对怎样的问题该怎样判断都模糊不清,感觉只要问得详细些就能恢复清醒。当然,即使问得再详细,头脑也只会更麻木。

"你问得这么细,到底想怎样?"村野君露出怜悯的神情问道。

"婚礼和二次会会不会都不叫我呀?"

"你想去参加吗?"纪子皱起眉头问道。

"我想去啊!我想去看看呀!武田君的燕尾服,哦,或者是和服。"

几个月前看到的武田君西装革履的身影忽然闪现在眼前——那个土里土气的武田君!

"让您久等啦!"店员用发自丹田的声音说着,把菜品逐一摆上餐桌——酸梅腌黄瓜、西红柿和堆在大盘中的烤鸡肉串。我叫店员追加啤酒,他再次气沉丹田地吼道:"好嘞!"

我拿起七味辣粉筒往烤肉上撒,意外地倒出了很多,几串烤肉染成了红色。

"哇!你在干什么呀?"

"抱歉!抱歉!这个我吃好啦!"

我赶紧把沾满七味辣粉的猪头肉块送进嘴里。就像对武田君结婚不知该做何感受,我对沾满辣粉的烤肉也不知其味。"然后是……什么来着?哦,对了,他对象的名字,你不知道吗?请柬上不是一般都会写吗?"

"谷川琴美。"纪子诧异地答道。

"是叫琴美啊!多大年纪啦?"

"你先别问这些,也要回答我的问题嘛!去年一起喝酒时,你俩不是说好要结婚的吗?当时提过这事儿吧?"

我咕嘟咕嘟地喝了追加的啤酒,然后怒目瞪着对面的两个人。

"那次喝酒即此事之缘由也!"我装腔作势地说道,然后向他俩笑了笑。他俩没笑,我继续说道:"当时呢,武田君说:'我们是要结婚的啦!'对吧?他还说:'我必须妥善地为你着想嘛!'对吧?也许你们会觉得我傻,可我当时确实有点儿生气嘛!本来我并不想结婚,可他为什么要用施舍的态度跟我说话呢?哎!结婚就那么了不起吗?女人如果没有男人跟自己结婚就那么惨吗？咱们还要被这种传统的价值观念束缚到什么时候啊？"我一说起来就势不可当，而且得意扬扬，"我以前还以为武田君也懂得这个道理呢！可是，怎么样？他说'妥善为我着想'的意思恐怕不对吧？如果说结婚就是'妥善为我着想'的话，那谁都能妥善为我着想哦！他不是这个意思吧？我跟武田君这样说了，可是，他并没有理解我的意思，因为他畏缩了嘛，武田君！"

我一鼓作气地说完，接着吃了鸡心、鸡胗，又一口气喝了半杯啤酒，并再次看看对面那两人。虽然听了我得意扬扬的演说，可他俩依然只是用满含怜悯的目光望着我。

"哎！帮我转告武田君吧！就说我也想去参加二次会。我们又不是因为吵翻了而分手，以后还可以是价值观不同的朋友嘛！招呼我一声总没什么不可以吧？"

我继续向对面的两人诉说，可他们只是露出更怜悯的神情望着我。

我喝了三杯啤酒、四杯烧酒，却丝毫没有醉意。可是，我觉得如果不喝高的话，他俩就会更可怜我，所以我故意脚步蹒跚假装喝醉并放声大笑。我们一起乘电车到新宿，随即在站内告别。

"我刚才的话，你要如实转达给武田君哦！"我继续装出醉醺醺的样子喊道。

"明白啦！明白啦！你自己一个人能回去吗？"纪子担心地问道。

他俩站在通往站台的台阶下端，一直目送我爬上台阶。我这时感到自己真的很可怜。

武田君要结婚啦？原来他真的想结婚呢。我站在车厢里握住吊环想道。我应该只是心里这样想，但好像从嘴里漏出声音了，站在旁边的年轻工薪族居高临下地瞟了我一眼。

对于武田君要结婚这件事，我依然不知该怎样判断，但是，至少有一点我能确定，那就是已经不能再找武田君诉说了。即使只有武田君能听我诉说，也已经不能拿CD做借口联系他了。

车厢里相当闷热，窗玻璃上映出我的身影。在我对面，住宅区的灯光噌噌地飞驰而过。

我下了电车，随着众多乘客走出检票口。即使不用大脑考虑，我的双脚也会自动走向便利店，在灯光明亮的便利店购买明天吃的面包和果汁。我犹豫了片刻，拿起一罐啤酒放入购物筐。我走出便利店进入住宅区，此时路上已看不到人影，花谢叶落的樱树在昏暗中伸展着黑黢黢的枝条。当我看到橙色的邮筒时，眼前浮现出武田君弓着背点烟的身影。

就像以此为信号，过去的很多画面相继浮现并消失。仿佛被遮阳伞覆盖了似的夏季沙滩，在夜幕中泛着白光的盛开的樱花，摆满圣诞节饰品的商厦橱窗，小巷里映出橙色灯光的居酒屋，抬头仰望犹如静止了的大片雪花，正月里在参道旁排列的章鱼烧小摊，这些都是曾经跟武田君一同看过的画面。然后，还有拂晓时分我独自坐在站台上的身影。夜色尚未完全褪尽，乌鸦鸣叫一声飞起，没有行人走动，轨道悄无声息地延伸——那是我在武田君家夜宿后归途的清晨。

不明缘由地开始交往，不明缘由地在一起，虽曾一度分手，但仍是不明缘由地重归于好。我们既没相互说过什么喜欢你啦、我爱你啦之类的夸张表白，也没为对方的存在而感激不已，即使见不到面也没觉得孤单寂寞。即便如此，我认为我们相互都有好感，都觉得互相需要——正像吃饭需要筷子那样，睡觉需要用惯的枕头那样。虽然我觉得我俩有过相当多的对话，可是现在，当我在回忆的画面中穿行时，却完全想不起我俩究竟说过些什么。这是不是因为连对话都是不明缘由的呢？是不是因为我从未怀疑过对方会离开我呢？

我们都说过些什么呢？当时的表情又是怎样的呢？因为我全都想不起来了，于是边走边回顾那些自然浮现出来的画面。在回顾到黎明中的站台时，我到公寓前了。

感觉很清纯呢！当我登上三楼的楼梯时，这种感怀在心中怦然落定。现在回忆起来，我与武田君度过的那些日子感觉很清纯。我既没有留恋也没有后悔，心中只有如此感怀。

我进了房门开灯并来到起居室，迎接我的是成堆的衣物。我坐在房间中央开罐喝了口啤酒，然后巡视那些衣物，从带瑕疵的衣服堆里取出一件连衣裙展开——已经褪色的小号泡泡袖连衣裙。

当我看到散落在裙子上的浅桃红色花朵时，感觉就像刚才心中浮现的一帧画面——同武田君一起看到的樱树。

我忽地把视线移向衣服堆。等同于新品的衣服，有瑕疵的衣服，其他衣服，我把衣服堆翻得乱七八糟，找到童装就拿起来展开。

"也许会很有意思呢！"我嘟囔道，"比如说……"我叠好浅绿色的罩衫，用花纹连衣裙将其包起来，在其下摆一条深咖色短裙，伸手把针线盒拉到身边，然后把短裙裁开，再把花纹连衣裙背后拉链部分裁下保留，这时地板上就出现了一棵小小的樱树，在拉开拉链时还能看到浅绿色的树叶。

"然后，下一页是……"在稍稍泛黄的海蓝色罩衫上，叠加浅蓝色短裤、蓝色夏季针织衫和藏青色哔叽衫，这样即可看作渐变色的海面，"在哪里应该看到过遮阳伞……"我把衣服堆翻了个遍，果然出现一条可以做红蓝双色遮阳伞的连衣裙。我把它们一件件地裁开，按照拼布要领缝缀成渐变色的海面。

旧衣料制成的绘本，也许会很有意思呢！保留纽扣、拉链和丝带，制成弹出式绘本那种结构——春天转换成夏天，突然雨从天降，小狗跃然而出——就是这种结构。哪怕没有故事也行，有连续画面就好，只要穿过它的某个人觉得这种连续画面特别美就好。

虽说把穿旧不用的衣服让别的孩子继续穿也是好事，但像这样经过拼缀改头换面不也很有意思吗？比如说，就像用孩子的照片制作相册那样，收来旧衣服制作布艺绘本。这不是最接近我想做的事情吗？如能合理运用纽扣和拉链的话，它们既可以成为孩子们的新玩具，也会成为母亲和孩子长大后的纪念。

我弓着背，顺着自己的设计思路一件件地裁剪身边那些小衣服。因为这是试制的第一号，所以即使失败了也没什么关系。不管结果会是什么，姑且先做做看。就用我小时候穿过的衣服，再现我心目中的美景——春季的公园，夏季的向日葵，秋季的落叶和冬季的商业街，盛开的樱花，阳光映照下的海面，在雨天一起展开的花伞。

我弓着背继续裁剪旧童装。武田君要结婚的消息和几乎每晚都会吞没我的丧失感，都随着痛快的咔嚓声被撕裂并消失。当我突然想起身边的罐装啤酒拿起要喝时，发现啤酒已完全没有凉意了。

试制品第一号确实就像试制品，不能说做得十分完美。长宽相当于Ａ４纸，封面用的是稍厚些的毛毡，代替衬纸的布料选了用于布艺的夹棉薄布。最终成果完成得不够理想，不仅多处露出断头线，而且整体过厚。不过，就这样了，试制品嘛！我没给其他人看，而是最先拿到了奈惠那里。

"这是……什么？"

我把试制品递给奈惠，她坐在餐桌旁抽着烟疑惑地望着布绘本。奈惠越来越邋遢了，用婴儿背带把大贵绑在身后，穿毛衣的胸部突出两个圆包。大贵瘫软地贴在她的背上睡着了。桃子刚才在电视机前摆弄玩具娃娃，这时跑过来爬到奈惠的膝头上。

"好啦！虽然问题不少，你就给看看嘛！"

我随意地走进厨房，边烧水边向奈惠说道。

"怎么说呢？这不就像把一沓抹布缝起来了吗？"

奈惠仔细地端详着布绘本的封面说道。这时，桃子伸手开始翻看。

"花儿开啦！蝴蝶从那边的街道飞来啦！"桃子用唱歌般的声调朗诵即兴编成的故事。

"哪里有什么蝴蝶呀？"

"花儿落下变成了叶子！小猫咪说它肚子饿啦！"

"哎，桃子，你别乱翻。而且，根本没什么小猫咪嘛！哦，这个图案我知道。"

"猫妈妈来叫小猫咪回家啦！可是，小猫咪好像还想再玩会儿呢！太阳公公很生气哦！"

"哎！哎！这是……那个吧？咱们一起定做的水兵服式罩衫。哦哟！桃子，你又翻过去了。"

"哎！哎！这个波奇狗狗拆掉可以吗？哇！开始下雨啦！快跑！快跑！大贵摔倒哭起来了！"

不知不觉间，从餐厅里传来的只有桃子的声音。我从厨房吧台探身一看，只见奈惠背着大贵弯腰死死地盯住绘本看。

"星期天，我跟爸爸坐船啦！啊，还有丝带呢！丝带真好看！啊，有蛋糕！"

听到桃子连续不断的讲述，我感到欣喜不已。我和奈惠曾经穿过的衣服，幼小的桃子现在用它编故事呢！

"哎！哎！奈惠……"

我端着盛好速溶咖啡的马克杯返回餐桌旁，只见抱着桃子、背着大贵的奈惠把脸伏在桌上哭了。

"烦人！你怎么啦？"

我诧异地察看奈惠的脸，她伏在桌面上，桃子从她的胸前钻了上来。

"妈妈哭了。"桃子困惑地说道。

奈惠像要数针脚似的把脸紧贴在绘本上，大颗泪珠扑簌簌地落下，她在用手摩挲着布绘本——剪贴的刺绣向日葵，条纹衬衫的纽扣，留下渍痕的浅灰色布料。

虽然它们现在已经变成了布贴，但奈惠好像也记得穿这些衣服时的往事。

"姐姐，这个给我。"

因为奈惠涕泪俱下，所以听起来说的好像是"蝶蝶"。

"这个不太成功，下次做个更完美的给你吧！"

"真的？"奈惠用变回小妹妹似的嗓音问道。

"是真的呀！每本一千五百日元卖给你！"

"哇！大财迷！"

奈惠用双手摩挲着脸颊笑了。看到妈妈笑了，桃子像是放了心，故意尖声笑个不停。大贵在奈惠背上开始扭动身体，随即睁开睡眼哭了起来。

我离开奈惠的公寓回家，途中仰望线路图确认车费，而我的视线却越过离自家最近的车站，寻找曾经跟武田君下车的那座小城。

我跟他去看样板间是在大约七个月之前。这次，我独自一人走在两人走过的商业街上。虽然天空晴朗，可空气冷冰冰的，我禁不住一次又一次地裹紧围巾。我想起武田君讨好地问我"吃冰激凌还是鱼形烤蛋糕"

的声音，感觉那仿佛是很久以前童年时代的记忆。

我循着记忆走在住宅区的街道上，本以为会想不起那个具体位置，可我确实是多虑了。找了没多久，我就看见二层小楼鳞次栉比的住宅区和那座标志性的五层公寓楼。上次看到时还都是灰色的主体建筑，而现在整个公寓都已完工。随着渐渐走近，可以看到里面已有人居住。窗口挂着窗帘，晾晒的衣物随风飘动。

那次在样板间里看到过玄关、洗碗机、整体厨房、阳台、门把手和衣橱银色的金属条……我连这些细节都回忆起来了，另外，还有那位平野敬太的面孔。我居然把他的全名都记住了！这让我感到特别滑稽，于是边走边默默地笑了。他那么大年纪了，连每月按揭的还款额都计算出来了，不遗余力地向我们推荐。

楼门入口保持着全新状态，通道两侧栽种的树木依然显得纤弱无力。这时，有位女子牵着幼童的手出现了，她诧异地看看呆立的我，然后走进了楼门。我离开楼门，绕着公寓转了一圈。

这时我想，如果上次听从平野敬太的推荐并签好购房申请的话，现在我应该已经住在这里了，大概就在那个位置。我抬眼朝三楼楼角的房间望去，那里晾晒着衣物——衬衫、毛巾、儿童瘦腿裤。我甚至能以令我畏惧的现实感想象到住在这里的自己——在站前超市购买做晚饭的食材，在阳台摆上盆栽绿植，此时应该正在干劲十足地清扫房间吧。而且听到千智说要开二手名牌货商店时，我也不会心慌意乱、焦虑不安。因为就算丈夫不太靠谱，我毕竟还是主妇嘛！

"那种过法，嗯，也许挺有意思呢！"我望着三楼房间的小小瘦腿裤嘟囔了一声。可与此同时，我又想起上次走到这里时各种无聊透顶的感受。对了，我觉得那种活法实在无聊透顶，有更多比那快乐的活法，我选择的就是更加快乐的活法。那是什么活法呢？尽管我现在仍不十分清楚。

我转过身来，缓缓地走在刚过正午的街区。首先，我必须向千智说明自己对于布绘本的想法，还必须跟那几个打工女孩也商量一下，借助她们的好点子。如果大家时间方便的话，今天就开一个居酒屋会议。我紧紧抱住装着厚厚的布绘本的挎包,不觉之间在这不曾住过也不会来住的街道上奔跑起来。凛冽的寒风吹得我的耳朵阵阵刺痛。

婚礼蛋糕

这是第三波结婚潮。

第一波是在大约十一年前，那时我二十六岁。大学时代的朋友陆续结婚，都是在东京都内的大酒店举行冗长的婚礼——新娘二次换装，亲戚唱浪花调及《瓢虫的桑巴舞》，法餐全席居然有小碟寿司，令人费解……

第二波是在大约四年前，那时我三十三岁。先前还忘我地勤奋工作（貌似如此）的几位朋友接二连三地结了婚。他们没在大酒店而是在餐馆里举办了晚会，新郎新娘分别身穿燕尾服和婚纱，形式较为简约。

另外，有位朋友在第一波结婚后离了婚，又在第二波再婚，也是正式在餐馆里举办了晚会。我还记得千智曾经表示不满："她上次收了红包，这回还要抢会费吗？"千智并非舍不得掏钱，而是特别反感那种多次聚众披露个人婚事的用心。

以后再也不会有结婚潮了吧。我在三十四岁时曾这样想过。虽然可能还会有朋友结婚，但不会那么集中了吧。大家都是各自择期悄悄结婚，不办婚礼也不开晚会，只是寄一张印有两人笑脸的明信片而已。

可是，又一波结婚潮到来了。悄悄地结婚，只寄一张明信片告知。我的预料落了空，第三波结婚潮回归到第一波了，也就是说，回归到正统的日式婚礼——在大酒店里举办婚礼和婚宴。

哦，也许算不上什么潮。因为五月的现在，已结婚或即将结婚的朋友只有三个。不过，以我的心情来讲，即使三个也足够算得上潮了。

首先是武田君在二月结婚。我本以为那是在说笑话，可实际上他真的在明治纪念馆举办了正规婚宴，并在青山区的意大利菜馆举办了二次会。

看样子村野君和纪子如实转达了我的嘱托，武田君真的发来了请柬。二月二十二号——上次我听到的是登记领证的日子，其实婚礼和婚宴是在那个周末举办。我收到的是二次会的请柬，当天我就在明信片选择项的"出席"上画了个大圈并于第二天寄出了。我情绪特别高涨，连自己都不知道是什么原因。我当然要去，是的，当然要去，当然要送上由衷的祝福。我在心中大声呼喊。

婚礼婚宴的参加者中包括亲友和同事，但二次会就只有双方的朋友参加，这是纪子告诉我的。虽然请柬上注明"请便装出席"，可我当然不能那样。我虽然对武田君毫无留恋，也不觉得分手太可惜，但毕竟还得讲究体面。我说不清是想对谁讲究体面，或许就是想在前男友的婚礼上让所有来宾夸奖自己"哇！好漂亮！""哇！好美呀！"。当然，我也确实想让武田君对自己刮目相看。如果说这就是留恋的话，那我或许还是有些留恋的吧。

为了参加二月的晚会，我特意购置了一套行头——

礼服、包包、鞋、饰品，费用总计超过了三十万日元。我觉得，这个金额就是自己的体面指数。

正像纪子所说，晚会在青山区的意大利餐馆包场举行。餐馆在地下层，门口的心形迎宾牌上写着新人的名字"武田泰文 谷川琴美"。原来武田君的名字叫武田泰文呀。我频频瞅着牌子沉浸在奇妙的感慨中。

微暗的店内设置为立餐形式，来宾中几乎没有我认识的面孔。我只认识村野君和纪子，于是我们三人坐在被撤至角落的餐桌旁，一口接一口地喝着不限量的清酒，轮换着取来不限量的菜肴大快朵颐。虽然我觉得那都是油腻难吃的料理，但同时又对有此感想的自己略感沮丧。就像我刚才看到身穿三文鱼肉红色礼服的新娘不禁想到——哦哟！很一般的女人！而且礼服的品位也太不怎么样！这种总想找碴挑刺的心理，正是一个被横刀夺爱的女人的心理。但准确来讲，并不是我被武田君抛弃了，而是我抛弃了武田君。

来宾主要是新郎新娘双方初中、高中和大学时代的朋友，以及职场的同事，其中或许也有在我与武田君交往时见过的，但没人主动向我打招呼，我也早已忘记他们的样子了。几位嘉宾依次登台发表贺词，然后是朋友表演节目，还放映了以讲故事形式介绍新人相遇的录像。我虽然不太清楚他们的朋友是什么样的人，但那些人助兴的方式都很奇特——数名几乎半裸的男子乐队杂乱无章地演奏乐曲，涂着白粉的男女表演滑稽小品，全身穿皮衣的男子高喊诗句。那录像更是荒唐不堪，两个中年男子扮演新郎泰文和新娘琴美，来宾们边看边热烈欢呼……说实在话，我真受不了。

"武田君原来是这种格调？"我向村野君确认道。

"哦，他确实还有这样的一面哦！"村野君自己似乎也难以跟上那种节奏，愣怔地说道。

不过，幸亏有这种奇特的助兴，我才得以避免胡思乱想——自己是新娘且坐在武田君身旁，是自己得到了朋友的祝福。不，坦率地讲，我真的有点儿胡思乱想了。武田君曾对我说想搞这种二次会，而我则说那绝对不行，在短暂的险恶交锋之后，武田君反唇相讥、大发脾气。我甚至想出了下面这样一段对白。武田君说:"想要什么?你有想法得告诉我呀!不然我怎么能明白呢?可你总是这样绷着脸发牢骚,我实在受不了。哎哟,真没劲!"我说:"我不结婚!"可我忽然发现,这并不是胡思乱想,而是真实的记忆,我自己也感到特别滑稽。

"你怎么在偷笑啊?是不是有什么企图呀?"

听到纪子这样问,我慌忙把笑声吞了回去。

喧嚣的表演之后是愉快的自由交谈时间,武田君拿着葡萄酒瓶来到我们这边。他给村野君和纪子的酒杯里斟好酒后,站在我的正面伸出酒瓶。我端起酒杯,望着注入其中的红色液体。

"你能来我很感谢。"武田君说道。

"不,是我叫你发请柬的,不好意思。"我也说道。

我感受到屏住气息的村野君和纪子的目光,左脸颊有种咝咝啦啦的感觉。

"不,我本来就应该叫你嘛!村野君他们告诉我你要来,叫我发请柬。这真是太好啦!"

土里土气的武田君,不成体统的晚会,很一般的新娘。

"'应该叫'算怎么回事儿啊?"我不知该说什么,就搪塞地笑了笑。

"我真心感谢小华,所以觉得应该叫你。"武田君说话时没有笑。

"啊?感谢什么呀?"为了不让他觉察到我的困惑,我呵呵地笑着说道。

"我此前能做出各种决定,都是因为跟小华在一起。"武田君认真地说道,并若有所思地向我深深鞠躬说,"谢谢所有的一切!"

"什么呀?你别这样!"我拍拍武田君的肩膀笑道。

在我听来,"谢谢所有的一切"这个说法不像在表示感谢,而像在说"真的,再见啦"。因为武田君一直不抬头,所以我忽然想到自己是不是也该说同样的话——我也因为有武田君……可是,后边接不下去了。自己因为有武田君而实现了什么呢?联谊会?布绘本?不,什么都没实现,而且什么都没决定。

我把视线从一直不肯抬头的武田君身上移开,掩饰般地环视微暗的会场，与在拥挤人群对面盯着这边的视线相遇了。那位身穿品位庸俗的礼服、长相一般的新娘，像在守候、庇护着老公一样，用充满慈爱的目光望着他向陌生女人道谢。

我慌忙移开视线，几乎一口气喝光武田君为我斟好的红酒。然后，我对他说："恭喜你，武田君，祝你永远幸福！"

我挤出看似从容淡定的微笑，用听似从容淡定的语调说道。

"这……怎么说呢？"武田君离开后，纪子自言自语似的说道。

"这什么呀？"我催促道。

"我们也该是成年人了嘛！"喝得脸发红的纪子说道。

"都快四十岁了，还什么该是成年人啊？"村野君不无诧异地说道。

第三波中的第二个，在三月举行了婚礼，就是四年前再婚的那个朋友。第一波、第二波、第三波结婚潮，她都稳稳地赶上了。

四年前她跟大家一样，都是在餐馆里举办的婚礼晚会，但这次是在东京湾的希尔顿酒店举办了正统的日式婚礼。我和千智虽然牢骚满腹，但还是参加了。因为新郎新娘次日一大早就要从成田机场出发去蜜月旅行，所以二次会早早收场解散。我和千智都喝醉了，在驶往都心的电车里就大声议论起来。

"可是吧，你不觉得她前后三次结婚的新郎都很像吗？共同点就是又瘦又小，长得像上一个时代的美男子一样软弱无力，所有地方上的亲戚还都来参加了。"

"她就是那种爱好嘛！能做到定期找到符合自己口味的男人，要说节子（那个朋友的名字）了不起也真是了不起。"

"每次结婚对象的年纪还变得更年轻了呢！"

"可是，节子跟咱们就是婚礼朋友啊，只在婚礼上见面。"

"或者应该说，咱们就是婚礼嘉宾专业户……"

"我知道她抠门儿才会这样说，咱们前后被节子榨去合计十万日元呢！"

"不对啦！我还得准备服饰和鞋子，所以二十万日元都已经超了。"

"等轮到咱们收红包时就得全部捞回来哦！"

"恐怕轮不到我了，这才真是气人呢！只出不进！只出不进！"

这时，千智突然不说话了，盯着我的脸默默不语，当停在站台上的电车发车时她才终于开口。

"会轮到我，会轮到我哦！"

我不清楚她这话指的是什么，于是接着说道："明白，明白，总有一天会轮到嘛！也会轮到我。虽然不知道是哪天，但是会轮到的。就这样吧！"我像往常一样半开玩笑地说道。

可是，千智直盯着我，扭扭捏捏地换一下交叉的双腿，轻轻碰了碰我的胳膊说："不是啦，小华，我想结婚呢！"

"哈？"我光出气却没说出话来。我俩结成联谊同盟却抽到空签，对那种操心费事的过程不胜其烦，这不就是前几天的事儿吗？哦，人到了三十岁后半段，对任何事都会觉得"也就是在前几天"。甚至连初中毕业也会觉得"也就是在前几天"。反过来讲，"纯爱之会"的发起和终结都是很久以前的事了。重新出发找到新的"他"坠入爱河并共度一生——能够下定这种决心的时机早已逝去了吧。

"又要结婚？"这句话从我嘴里掉了出来。

"是的，又要结婚！"千智羞涩地咧嘴一笑。

"跟——谁——呀——？"我问道。

由于我过度惊讶，每个字都拖得很长。千智好像以为我受到严重打击了，害怕自己被她们丢下不管。

"哦，抱歉，小华，我丝毫没有背叛你的想法。"

她开始辩解，我实在看不惯她那种态度。

"哎，千智，我吧，特别讨厌那种想法，就是什么背叛之类啦！就算我独身，你结婚，那也算不上什么背叛吧。听我说，那个吧，就是因为千智心里有那种想法嘛！就是觉得结了婚的就是上等人，而没结婚的就是下等人，所以才会说出那种傻话哦！我只是感到非常惊讶，只是想知道你跟谁结婚而已啦！"

我借着酒劲，在车厢里叽里呱啦地嚷嚷。嚷嚷之余冷静下来了，醉意也渐渐消退了。我心里在想，自己好像是个特别麻烦的家伙！不知为什么，我又想起了大约九个月前武田君离开我公寓时的背影。

电车滑入东京车站，我们抱着傻大傻大的礼包下车，在附近转悠着寻找有空座的酒馆，找到一家内饰怎么看都像咖啡馆却只能喝酒的老店，于是进去相对而坐并要了杜松子酒。

"哎，我告诉你啊，对象是阵内。"酒上桌后千智开口说道。

"那人是谁？"我问道。

"典当铺店主的儿子。"她爽快地答道。

我盯着千智的脸喝了一口杜松子酒，感觉苏打味过于浓重。在咽下这口酒的同时，我忽然明白"典当铺店主的儿子"是谁了。

"啊，五十岁的大叔。"我不禁大声说道。

千智立刻提醒我并环视微暗的店内，可除了我俩之外再没别的顾客。那个不妨称作老妇的端酒女子坐在柜台内侧，正聚精会神地看着装在墙上方的电视机。

那个典当铺店主的儿子，就是帮"名媛千智"的店（正式店名显得很装腔作势，叫曼妮菲克，有宏丽之意）进行采购鉴别力超凡的男子，千智自己形容他是"五十岁的大叔"。

"嗯，就是这么回事儿啦！"

"那个大叔姓'阵内'呀……"我小声嘟囔道，并意识到自己这样嘟囔毫无意义。

"其实，我并不喜欢年纪大的人，而且最初吧，我也没想过以后会怎样。可是，那边不就只有我们两个人吗？现在也没雇打工的，所以我俩回家路上经常去喝酒，就发现挺合得来嘛！因为他年纪稍大，所以即使我找碴发脾气，他也能巧妙地化解矛盾。而且，他跟我一样都离过婚。我觉得双方都有离婚经历挺好的哦！上次失败了，这次一定要好好把握——我们都有妥妥的志气。"

千智用食指戳弄着沾在玻璃杯上的水滴，歪着上半身羞于启齿似的解释。

"妥妥的志气呀！"

难道千智这是在秀恩爱吗？我虽然心里这样想，嘴上却重复着她的话。

"我不知道该叫志气还是叫什么，或者……应该叫气概吧。"

"什么时候啊？"我问道。

"六月。"千智抬头生硬地答道，可能是因为有些难为情。

"哇！六月的新娘，那不就是三个月后吗？"

我本来想调侃一下，可千智绷着脸说："就是嘛。"然后又像绷不住似的莞尔一笑。

"在四季酒店？威斯汀？帝国大酒店？"

"真可惜，你没猜对。在王子大酒店，就是品川区那家。"

啊！第三波结婚潮到底还是来了，人是会回归的。

"幸亏不是四月份啊！不然，我从二月起就不得不连续参加三次婚礼。"我不由自主地说道。

"啊？上个月也有人结婚啦？"

千智露出迷惑不解的表情。我一直没告诉她自己参加了武田君的婚礼。

"哦，不，嗯，就是一个亲戚嘛！别管这个，还是说说千智吧！怎么现在想起王子大酒店了呢？"

我含糊其词地搪塞了一下，千智立刻转换了话题。

"我自己吧，觉得在餐馆里办就行哦！可是呢，阵内说了，如果不正式举办仪式的话，将来会后悔的。也就是说，办婚礼花钱越多，婚姻生活就越长久嘛！我虽然觉得这种说法不一定对，可将来万一产生分手的念头，就会感到可惜，觉得办婚礼的费用白花了。连节子都离婚了呢！不过吧，我觉得阵内就是想让我俩的婚姻生活长长久久，所以特别高兴呀！我上次婚姻很不顺利，恐怕就是因为把那种福气全都冲没了。而且吧，我虽然有点儿不好意思，但还是想穿一下那个嘛！想穿婚纱。"

千智一边把吸管袋缠在手指上，一边忸忸怩怩地讲述。我以前不知道她有穿婚纱的愿望。

"那个，你看，咱俩以前去伦敦旅行时看到过复古式婚纱，在路过都柏林的时候，我就想穿那种婚纱。"

看见过，确实看见过。那种颜色与其说是纯白，不如说是象牙白，褶皱层层叠叠，丝带飘飘摇摇，连二十年前的偶像都不会穿那种婚纱。看到罩在无头模特身上的那件婚纱，我们确实停下脚步从上到下仔细端详过，还触摸过衣料的质地，察看过价签，翻起裙角确认过里面的衬裙，然后就爆笑一阵。当时都笑成了那样，她还真的想穿吗？那件婚纱，八十三欧元的婚纱？

"哎，小华，你下个月要是有空，咱们再去走访同业者顺便采购一趟吧。这次从都柏林入境，然后直飞法国或者意大利。"

千智从桌上探出身来，满脸兴奋地盯着我说道。

想必会很快乐，我心里想道。已经好几个月没出去旅行了。在都柏林的二手服装店里，我对试穿那件怪异复古式婚纱的千智尽情调侃，然后一起遍访尚未去过的法国二手服装店，晚上咕嘟咕嘟地大口喝廉价葡萄酒，暂且不管能否实现，先谈论一番怎样让我们的商店改头换面，怎样实行限时限量的概念营销，就像以前那样。

"抱歉！我下个月腾不出时间来哦！"我说道。

实际上，我周六周日能不能休息都还说不定。

"是吗？是啊！"千智垂下头轻轻摇着几乎空了的酒杯，冰块发出叮叮当当的轻微撞击声，"不过，小华的创意挺不错啊！挺成功的哦！"

"还没成功哦！为了真正的成功，我现在必须加倍努力呢！"我辩解似的说道。

"小金上次说过啦！好像有个大名人会来帮忙呢！"

"哦，倒也不是什么帮忙，只是提些建议而已，而且，那也算不上什么大名人啦！"

我不想告诉千智稍早前刚开始的布绘本现状如何，于是闭上了嘴，而千智也不再多问。我们默默不语，无意识地一起摇晃叮当作响的酒杯。我本来想回家却没能说出来，但也不想追加酒水。当千智说"啊，时间这么晚了"时，我就感到一阵轻松。

如果只穿婚纱和薄布料的外套，夜晚会感到相当寒冷。我俩经过已无行人、店门全都关闭的街道，朝车站走去。两只正方形的礼包相互擦碰，发出沙啦沙啦的响声。

"啊，千智，我刚才忘了……"我说道。

千智抬头望着我。

"恭喜你啦！"

千智哈哈笑出了声音，并回应说："谢谢你！"

"下次让我见见哦，那个大叔！"

"当然啦！现在小华比我忙，我等你有空就安排哦！再把阵内的朋友叫来开个酒会吧？"

"什么意思？你是要向我介绍大叔的朋友吗？大叔的朋友也还是大叔吧？"

"小华，挺好的呀！大叔挺好的！"

"你说什么呀？"

每当我俩说话嬉笑时，就会呼出香烟般的白色哈气。"就是因为有你在才不行嘛。"我忽然想起千智说过的这句话。那是在什么时候呢？当时也是这样一起走夜路，千智哭丧着脸说出了这句话。她还说："不管做什么事情，只要跟你在一起就总是感到特别有趣，真烦人呀！"

我感到，浦岛太郎开过的盒盖又被我打开了。明明没感到时间已经流逝，可我们现在处在完全不同的地点。即使大学毕业了，即使有过恋人又分了手，即使二手服装店出现过赤字和黑字，我们的某种情怀也还是一如既往。然而，因为从盒子里飘出魔法的烟雾，那种情怀就在一瞬之间发生了变化。

"出租车站在那边哦！"我边朝站内走边向千智说道。

可是，曾经宣告再也不坐电车的"名媛千智"此时却紧贴在我身旁，继续朝车站方向走。

"今后会有更多开销，我得节约哦！"千智说道。

"'名媛千智'之后是节约型主妇吗？"

听到我的调侃，千智呼着酒气放声大笑。

我用旧衣服和布片制作绘本，现在开始见到些许光亮。这光亮来自何处，我不太清楚。虽然只是那种散射光，但毕竟是光。

让奈惠看过几乎可谓失败之作的绘本后，我又叫我们店里的打工妹都看过，并请她们出点子协助。听说小栗的母亲在开小夹层布艺学习班，我还跑到小栗的老家箱根进行拜访。我请小栗母亲看了我的失败之作后，还把新设计的图画和布料交给她，请她试制作品。布艺老师制作的绘本远比我的第一号作品好得多，厚度也适中，更可贵的是裁剪和缝制的效果也都很美观。不过，正因她是夹层布艺老师，所以并未完全忠实于我的设计原图，随处织入夹层布艺的元素，与其说是绘本，不如说是夹层布艺集。我把她的作品带回，通过熟人关系找到缝制艺人和设计师，并以此为范本挨个地登门求教。

我想起多次在杂志上看到的那位上条贵理惠与小金相识，于是连如此薄缘都当成了救命稻草。上条贵理惠是小金的朋友的前辈的熟人，她的职业不知该怎样称呼，杂志上标注的职衔是设计师，但她好像什么都做，既从事绘画也从事摄影，而且还在电脑上进行合成制作，还发表过几本作品集。另外，她还搞书籍装帧，还设计纺织品。她与家具厂商及服装公司联手，定期销售自己设计的日用杂货、箱包和T恤衫。而且连她自己也像一件商品，在各处杂志上登场，介绍种种生活方式和工作室的装修方式。只要有意识地予以关注，就能发现贵理惠每月都会出现在某种女性杂志上，有时是在毫无现实感的工作室里，有时是在绿意盎然的公园里，有时是在铮明瓦亮的厨房里，总是呈现完全相同的笑脸。

我让小金帮我介绍她的朋友，向那位朋友打听到前辈的电邮地址并取得联系，再通过另一位不认识的人帮忙，才终于有了眉目。据说，熟人的熟人的熟人的那位我不认识的人在画廊工作，相当久以前那里曾举办过贵理惠的个展。我又请她帮我引荐，像初中生对粉丝那般热情地写了信，再附注自己的邮箱地址发出。两周过后，贵理惠本人回信了。

"内容虽不太明白，但是见个面是可以的哦。"邮件里这样写道。

我读过她全用平假名写的邮件，心里在寻思贵理惠到底是个什么样的人……我给她回信后，这次是个叫持丸道子的女性发来了极为事务性的邮件，她向我说明了贵理惠事务所的地址。看样子，持丸道子像是贵理惠的秘书。

在贵理惠广尾町宽敞的事务所里，我恭恭敬敬地展开自己的失败之作和小栗母亲制作的绘本，结结巴巴地做了说明。此后，我整个人彻底缩成了一团。

我和千智曾看到杂志上登载的贵理惠工作室的照片，当时还评论说："在没有摄像镜头的地方，也像咱们这样带着黑眼圈熬夜，顾不上化妆四处奔波，把房间搞得乱七八糟。"可现在一看，她的工作室与照片上的完全相同。我为了安抚自己镇静下来，只转动眼珠寻找可能塞满所有杂物的壁橱，可视线所及之处都没能看见。这间起居室估计有二十铺席大，有一面墙整个是落地窗，窗外展现着宽阔的绿地，令人感到这里并不是都心地带。落地窗可以像风琴式窗帘那样打开，向外连接铺着木地板的露台。在看似比我的公寓套房还大的露台上摆放着适量绿植，中央摆有一组别致的桌椅。起居室里只有她的书桌和沙发，简约整洁得令人感到窒息。而且，从沙发、照明器具、铅笔筒到纸夹都经过精心布置，甚至引人反感，整个房间里没有任何多余之物。房间角落里杂乱地堆着书本，虽说这可算是难得的不足，但其中没有一本是周刊杂志或漫画杂志，甚至不是书脊上写着日语的单行本，而全都是外版书，而且看上去就像经过精密计算后码放起来的。

贵理惠与我年龄几乎相同，可她在二月天里却穿着无袖直筒的宽松连衣裙。那条连衣裙看上去像是只把毛织面料简单裁剪做成，从蛋黄色到苔藓绿的渐变色似乎没什么特别之处，但那种精巧的设计仍把她衬托得温婉优雅。

在这样的房间里，我和我带进来的两册布绘本显得有些土气。不知什么原因，我感到自己给这个清洁的房间带进了大量尘土。这个人到底为什么愿意与我会面？意识到这个问题后我开始拼命地思索。

"哦？用布料制作绘本，挺有意思的呀！是吧？有意思吧？"

上条贵理惠像是在征求坐在她身旁的持丸道子的同意。看样子比贵理惠还年轻许多的持丸道子就像在故意扮演秘书的角色一样，她挺直腰背、正襟危坐。即使贵理惠盯着她问"是吧？"，她的表情也毫无变化。

"你是开二手服装店的，对吧？我呢，在大学时代常去二手服装店。你看，二十多岁的女孩穿二手服装倒也不错，可是一过三十五岁，说是二手服装，但会不会有种'淘汰货'的感觉？所以我现在已经不太穿啦！另外，还有个形象的问题嘛！"

从杂志上看到的贵理惠给人以装模作样、貌似冷峻的印象，但眼前的她一直喋喋不休。贵理惠站起身，从整洁的书桌上拿来Ａ4大的速写本，然后把速写本放在膝头粗略地翻看了我带来的两册绘本。

"不管怎么讲，这实在是太糟糕啦！美感地狱啊！"

贵理惠严肃地说着，然后慢慢地展开速写本，弓着背开始走笔疾书。

"可是，开二手服装店的人怎么想起制作绘本了呢？哦，因为有太多剩货？这也许是个好主意呢！眼下……怎么说呢？特别时兴那种抠抠巴巴的做法，是吧？又是什么慢生活，又是什么乐活生活，这些词用得倒是挺不错，可是，那意思就是回归贫穷时代吧。嗯，因为现在是必须考虑地球生态的时代嘛！"

她像痴迷的孩子般把上身几乎伏在速写本上舞动画笔并继续唠唠叨叨。因为看杂志得到的印象与她现在的样子相差太远，我就瞟了一眼道子，只见她正用餐桌上的茶壶往我的茶杯里倒红茶水。从那琥珀色的液体中飘起水果般的甜香。

"哎，道子，帮我拿一下彩色铅笔，普通的那种。另外，还有多余的布片吧？就是那些沙发布料。"贵理惠头也不抬地说道。道子送来彩色铅笔盒，贵理惠目不转睛地开始涂颜色，同时继续说道："也就是说呢，比起布绘本如何如何，还不如向大家宣传你在用这种方式对剩货进行再利用。这样一来，绘本制作能否成功暂且不讲，首先就应该能得到较高的评价——这是一位意识超前的二手服装店主啊！哦，对了，既然如此，要不要搞那个……不是有那种滞销布料吗？就用那个来承做窗帘和坐垫什么的。我原来觉得这个绝对能行得通，可就是没人帮我做嘛！或者以西装的纸型和布料为衬底，作为配件来出售。"

贵理惠嘴里不停地说着，手上已画出图样。

"怎么样，这种感觉？"

她突然向我伸出展开的速写本。

在白色速写纸上画着炭笔草图，近乎冷漠的简洁草图上涂着浅淡的色彩。应该是描摹了我的布绘本中的一幅画——在蓝天下开满鲜花的原野。这真是一幅不可思议的速写画，其中并没有画出完全形似的花朵，云朵也没有云朵的轮廓，却让人感到那就是花朵、就是云朵、就是绿叶、就是天空。而且，在这幅画中还蕴含着仿佛童年时代照片那种浓厚的怀旧感——虽已想不起是什么地方，却真的认识这里。

"你自己制作的这个吧，线条过多，花纹过多哦！这是因为有些布料你特别想选用，对吗？如果真是那样的话，就不能这个也想用、那个也想用。为了突出某个元素，就得压住其他元素。要有重有轻、有重有轻！比起水桶腰女子，腰细的女子线条更美吧？其实都是一个道理。我的比喻是不是很奇怪呀？"

贵理惠自己笑了笑，把道子刚才跟彩色铅笔一起拿来的银色盒子打开，只见里边整齐地叠放着五厘米见方的布片。她握着剪刀，毫不迟疑，咔嚓咔嚓地裁剪布片，一边剪一边对道子说："把糨糊或胶水拿来。"道子拿来了粘布料用的胶水，贵理惠从我手中接过速写本，用胶水把刚裁剪的布片摁在上面粘好。

"这个位置用这块布比较好吧？所以这里就得用单色布料了，不然的话，花朵主题再配花纹底色就太傻了，对吧？这种几何图案的布料有意思吧？把这个呢，现在临时固定一下，特意用不规则针脚缝住，就用红线或黄线哦！而且云朵用白色未必就好，反而用这种浅色花纹做云。"

贵理惠几乎把额头贴在速写本上，继续粘贴布片。

"嗯，我也许是个天才呢！"

她兴奋地扭动身体说完，再次把速写本递给我。

她也许真的是个天才。我不得不由衷地赞同。她只是把没画图样直接裁剪的布片用胶水临时固定了一下，速写本中的一页白纸已然变为作品，我和小栗母亲做的都无法与之相比。用小花布做的云朵，用几何图案布料裁剪的花朵，暗淡柔和的色调，虽然看不到某种亮点，却能准确地理解画的是什么。我所熟知的百花原野就在这里，就像变成了一幅褪色的照片。

"你太厉害了！"我不由得叹着气说道。

贵理惠哦呀了一声，然后盯着道子的脸像孩子般说道："她说我太厉害了！"

"那个……那个……"我结结巴巴地告诉她我没有资金，虽然没有资金，但能不能请您帮帮我，就像刚才那样只画个草图并指定颜色和花纹图案即可。除此之外我绝对不提更多要求，在获益之后还会适当支付劳务费。我低下头说："拜托您了。"同时，我越来越感到自己仿佛变成了一粒尘埃。

"你，是独身？"

上条贵理惠从我手中接过速写本，同时提出这个奇妙的问题。

"哦，嗯，是的。"

我回答后等她继续问，可上条贵理惠既没进一步询问，对我的回答也未予置评。

"因为我有很多钱，所以不需要你的资金。而且你的创意挺不错，还说我太厉害了，所以……做不做呢？哎，可以做吗？"她向道子询问。

道子翻开日程本，然后正面朝向我说："那作为交换条件，可不可以在你的店里经销我们提供的布料？我们有个熟人近期要关店，说有大量剩货很为难。将来那些货可以随意用于定制服装和西装辅料呢！"

"贵理惠……"此前默不吭声的道子拿着日程本对贵理惠窃窃私语。贵理惠多次点头并频频瞟我几眼。

"我可以做哦！"贵理惠轻快地说道。那语气就像只接受一次清扫值日似的。

就这样，在三月，上条贵理惠创作的布绘本完成了。而且，就连我和小栗母亲也都完成得很好，没有任何问题。贵理惠的作品，无论着色的美感，还是纽扣和褶皱用法的别致，一切都与我们不同。她选用的布料少之又少，却十分清楚地表现了布贴画中的景物——用布料简略地勾勒出树木、小猫、人家、云朵，具有叩击记忆门扉的不可思议的怀旧之感。虽然这是用布料制作的绘本，看上去却俨然一幅美妙的艺术品，又像是令人心境平和的日用杂货。

我想到了才能这种素质。我以前从未思考过这个问题。当然，在大学时代和开始工作初期，也曾有太多的人令我感到无法与之相比——有的着装审美情趣雅致，有的文采飞扬下笔成章，有的创业经营才智超群，有的备受同业者瞩目。可是，我总觉得这些事情与自己无关，只想按照自己的意愿采购并按照自己的意愿出售，完全就是"金太郎糖的糖心"这一状态，觉得根本没必要赚钱太多，也没必要受到他人瞩目。在预感到可能发生竞争时，我总是退出圈外旁观。旁观者不会被毫无关联的他人的才能所折服。我想，现在我之所以被上条贵理惠的才能折服，就是因为我放弃了做旁观者。事到如今，我才下定决心独自进入竞争的圈内。竞争的对手当然不是上条贵理惠，也不是千智，而应该是其他更强大的某些对手。

我觉得以这种方式能够顺利展开，对外宣传可以选用具有纪念意义的旧衣物制作绘本，在承接顾客托付的衣物后请上条贵理惠画出设计图，接着由我做出纸样，在经过上条贵理惠认可后，由我们的店员在没有顾客来访的空闲时间缝制。我们只能先边学边做，直到获得相当的利润足以将缝制工序外包。宣传的对象不仅限于普通人群，还可以选用从卖场撤回的滞销服装来裁制绘本，寻访幼儿园、托儿所、杂货店争取订单。因含有纽扣和拉链等而具有"可触摸绘本"的特点，可以用志愿者的方式批发给盲童学校，这是小金的提议。我一听，立刻就来了劲头。

可是，我们还没去各处推介，就开始有订单进来了，原来是上条贵理惠在女性杂志上对布绘本做了介绍。因为我毫不知情，所以对尚未正式推介就每天接到两三个咨询电话感到惊慌失措，甚至反问对方从哪里得到的信息，咨询者全都说出了某个杂志的名称。我就委托小金去买来那本杂志，并在收款台上翻开浏览。

我说不清这是否属于面向女性的自然生活杂志门类，但应该不是服装时尚杂志。其中出现的模特都化着自然妆，身穿休闲裤或洗褪色的牛仔裤，介绍的是天然食品和天然食品餐厅、天然材料的服装及肥皂等生活用品，还都附加了轮廓模糊的浅色照片。

上条贵理惠出现在"周末的奢侈"这一页上，她身穿黑色罩衫，捧着自制的布绘本，露出一如既往的笑容。照片上没有鲜艳的色彩，杂志栏目的篇幅也不算大，登载的二手服装店的咨询电话的数字小如豆粒。可是，现在已有数次咨询电话打来，这说明该杂志销路特别好呢，还是上条贵理惠的人气之旺超乎想象？

"各位的家里有些衣服，因为染上污渍或长短胖瘦不合适而不能再穿，却无论如何也舍不得丢弃，对吧？用这样的衣料制作只属于自己的绘本，通过废品再生就能体验到这种奢侈。"

小金把视线投在杂志上，朗读上条贵理惠说的话。

"这边还没开始行动,上条贵理惠就帮我们宣传了。这不是相当于已经走上正轨了吗?"

虽然小金很高兴,可我总觉得心里不踏实。

"不过,她这样帮我们宣传,要是订货连续增加该怎么办呢?因为这种商品不可能量产,而且还没形成作业流水线呢!"

我这样说完后,才意识到自己心里感到不踏实的并非此事。

"小华也真是的,'不可能量产'本身可能又会成为宣传语呢!没关系啦!你下次见到上条贵理惠,还要叫她在各种场合帮我们多多宣传哦!"

小金只顾着高兴,甚至忘了对进门的顾客说"欢迎光临",就急急忙忙地剪下了那一页。装模作样、貌似冷峻的贵理惠在剪页中朝我微笑。

说到我为什么心里不踏实,就是因为上条贵理惠说的那些话。我仔细地读过相关采访报道,并未看到她说明"受到他人委托而做此事"的字句。自主创意、自主试制、自主评价、不计收支、独立制作,只能读出这样的信息。可作为咨询服务方名称而公开的店名和我的名字，则似乎只是订货窗口。不过，把我对此心存疑问告诉小金的话又不免有些顾忌，害怕她会觉得我这种想法太幼稚——"这明明是我的东西"——因此没能说出口。

而且，在我心中也觉得说不定这是出乎意料的幸运。如今，再也不用拖着沉重的双腿跑营销了，只要托付给她，她就会扶持我们一把，就会帮我们走上正轨。我也产生过这种心理，上条贵理惠的宣传对我来说确实是希望之光。

我认为我们必须走上正轨，必须做出武田君和千智没做到的事情。我甚至把自己叠加在小金剪页中露出笑容的贵理惠之上，并这样发表感言："我的初衷就是用创意让母亲做的衣服焕发新的生机。"

在千智举行婚礼的那天，从早上开始就一直下雨。我确认喜钱装好之后，就赶往地铁车站。

小栗身穿蓝色裙装站在婚礼现场的接待台旁，同我不认识的一名女子一起向来宾行礼。我把喜钱红包交给她，随即在签名册上签名，领取座次表后进入会场。我的座位在最前排中央的圆桌旁。小金已经到了，看到我就使劲挥手。

"感觉特别正规呢！"我看着后方的圆桌小声说道。

那些人可能是男女双方的亲属，身穿正装和服或燕尾服的年长者排排就座。一个打领结的男孩满场奔跑，一个穿和服的年轻母亲随后紧追，一个穿水兵服的女孩显得百无聊赖，正在环视现场。我曾见过几次千智的父母，所以能认出来，可其他人谁是谁就都不知道了。我漫不经心地展开座次表确认他们的名字，发现阵内这个姓氏特别多，看样子他的亲属众多。

"我感觉有点儿紧张。是不是该去问候一下千智的父母啊？"小金摆弄着纤细的银项链说道。

"等会儿咱们一起去吧！不过，没想到千智会举办这样的婚礼呀！"

"真想不到啊！我可不喜欢这个哦！还是在餐馆里只跟朋友开个小型晚会最好啦！"

我从座次表上抬起头来看看小金。

"难道你是第一波？"我不由得问道。

"啊？"小金问。

"小金打算结婚吗？"我换个方式再问。

小金把视线移开说道："如果可能的话，秋天……"她嘟囔道。

今年果然是婚嫁大年。按小金的年龄来看，现在是她的第一波结婚热潮。最近第一波结婚热潮的主流是餐馆晚会吗？

"跟那个……'金太郎糖的糖心'似的人？"

我这样一问，小金笑得前仰后合。

"也许吧……你居然记住了呢！我是为了突破'金太郎糖的糖心'这一现状而结婚。所以，也没什么可恭喜的啦！"

"这当然是喜事儿啊！恭喜你！"

"小华，结婚能带来什么变化吗？"小金正面望着我认真地问道。

"嗯，因为我没结过婚……"

"对不起。"小金说着低下了头。

"不过，结婚就是为了变化吧。不会有变化吗？我不太清楚。"我先应付了几句，想了想又说，"千智吧……"忽然，一群手持座次表的大学时代的朋友出现了。我们夸张地同声欢呼，并急忙开始相互报告近况。没过多久，婚礼开始了。

在我往返于上条贵理惠的工作室和商店这段时间，千智独自去了都柏林。看样子，她是真心想要那件离奇古怪的婚纱。然而，此时在追光灯柱下与年迈的父亲挽臂步入会场的千智却穿着另一款裙装。据说，千智坚定不移地买回了那件八十三欧元的剩货，却遭到了父母的强烈反对——不许穿那种不成体统的二手货出现在婚礼上，否则不认可这样的婚姻。简直大有断绝亲子关系的势头。千智冲进我的房间如此倾诉。我听了之后笑了，千智却哭着说："这明明是我的婚礼嘛！这一直是我的梦想嘛！太残酷了！"她居然那么想穿褶皱层层叠叠、丝带飘飘摇摇的婚纱！我虽然非常惊讶，但也由衷地感到欣慰，恍若回到了切尔西的创始期，当时我们各自去向父母借钱，而且都被骂得狗血喷头——专门卖旧衣服成何体统？在大学里学的东西算什么？当时二十多岁的我们异口同声地说："那些老家伙脑筋太僵化啦！一听到旧衣服就只能想到战争刚结束时黑市上卖的东西哦！他们根本搞不懂咱们的审美情趣嘛！不过呢，既然钱已经借到，就别再跟他们计较啦！"

现在千智身上穿的是既没有褶皱也没有丝带的素雅的直筒婚纱，听说是她跟母亲一起挑选的。虽然我觉得这款婚纱要好得多，但在今天的二次会上，千智应该会穿着那件八十三欧元的婚纱出现——这是我当时给哭诉的千智出的主意。

简短的形式化婚礼结束，新郎新娘在台上餐桌旁就座。据说是新郎的朋友——一位初老男子开始致辞，然后祝酒干杯。前菜上桌，各处响起酒杯相碰声、餐具相碰声、低声交谈声。在这样的场合中，我忽然像与己无关似的想起自己上个月迎来了三十八岁的生日。

我跟邻座的小金谈论菜肴，跟好久不见的朋友互斟啤酒。与此同时，我以极为平静的心态想：自己哪里都不想去啊！不仅如此，我还不希望任何人去任何地方啊！

我动不动就会看到过去，跟千智一起忘我地奔波在伦敦时的情景，跟千智豪言壮语要开某种商店时的情景，跟武田君喝醉酒走夜路时的情景，为一些无聊小事笑得几乎要哭时的情景……大家都是连点式通过这些节点，可只有我止步不前，并非连点式而是连线式地走到现在。而且，我总以为能够循着这条线返回原处，以为大家都会像自己一样原路返回，但这些地方明明早已空无一人。

我既不是想结婚，也不是不想结婚，既无意反对千智新开二手名牌货商店，也没有协助她的意愿。我并不认为千智结婚就是背叛，但也并非毫无任何感觉，其实心里仍有些失落。这些全都一样，既不是对结婚有什么想法，也不是对工作有什么想法，我只是对改变有所恐惧，就想一直待在不接触外界的正中央，像"金太郎糖的糖心"一样。

舞台上，貌似阵内的亲戚正在用无伴奏的形式唱歌。我本以为唱的是演歌，仔细一听却是甲壳虫乐队的歌。

"难道……他俩都是再婚？"

"啊？千智结过婚吗？"

"虽然没办过婚礼，但应该是吧，不过很快就分手了。"

"就算是那样，可看上去他俩年龄也相差太大了吧？"

"哎，小华，千智的对象多大年纪啊？"大学时代的同学们边吸溜菜汤边向我提问。

"这个……年龄我不太清楚。"我含糊地搪塞道。其实我知道那男的五十四岁，但我觉得跟她们谈论婚龄差距太麻烦。

"千智好美呀！如果总是这样美就好啦！"小金目送撤掉汤碗的服务员离去后说道。

我轻松地附和说："的确是这样啊。"然后紧紧地盯着小金。

"啊？怎么啦？"小金问道。

"哎，刚才你问我的问题……"我想都没想就先说了出来。

"问题？"

"嗯，就是结了婚会发生变化吗？结婚是不是什么都不会改变呢？如果发生变化的话，那是不是只能自己改变自己呢？"

"啊？你怎么突然问起这个？"小金敷衍地笑着拿起餐刀餐叉。

正如小金所讲，坐在台上的千智美丽极了，比平时的千智美丽几十倍，但是，我觉得那并非得益于完美的化妆和得体的裙装。结婚对象是谁与此毫无关系，我望着美丽的千智忽然这样想道。我曾认为所谓结婚是新郎新娘的共同行动和共同责任，但现在看来或许并不是那么回事。无论跟多大年纪的对象结婚，不也只是自己一个人的事情吗？自己一个人的决定，自己一个人的行动，自己一个人的责任。千智坐在台上，用一脸僵硬的笑容聆听演歌风格的甲壳虫乐曲，看上去似乎已经独自承担了这一切。而且，美丽的千智看上去比我长大了很多。我想，人长大应该跟年龄毫无关系。有的人到了四十岁才突然长大，而有的人到了五十岁也长不大。

大学时代的同学把相机镜头对准我，于是我把笑脸转向镜头。这时，切分婚礼蛋糕的程序即将开始。

如果我在去年就意识到结婚应该是独自承担的事情的话，或许就已经跟武田君结婚了。不过，那时武田君也没意识到这一点。他曾说过他会妥善地为我着想，我在婚后也可以继续工作。但我认为，结婚既不会让谁变得更好，也不会让谁像变魔术一般获得幸福，无论何时，我们都必须独自面对人生。

"叫你的名字呢！"

大学时代的同学抓住我的胳膊，我立刻抬起头来。司仪确实在叫我的名字，说让大学时代的朋友、现在的合伙经营者我致辞。

"之前没跟我打过招呼啊！"我朝邻座的小金说道。

小金却只是催我："快点儿，快上台。"我无可奈何，摇摇晃晃地起身离开餐桌。我瞪着坐在台上餐桌旁的千智，而她却若无其事地扭头望着别处。

"那个……"

我站在话筒前试了一下,听到了自己说话的回音,顿时脑袋里一片空白。会场的后边,亲属来宾席间混乱不堪,有好几个人双手抓着啤酒瓶到处斟酒,有些人满脸通红仰身大笑直接躺倒。小孩们窜来窜去向对方扔菜,其中有的小孩哭了起来,被母亲拽着胳膊离开会场。虽然我做了一下自我介绍,可喧嚣声丝毫未减。我想到根本不会有人认真听,紧张情绪就有所缓解了。于是,我对着话筒开始讲。

"我认为,结婚一定无聊透顶。听到这话,马上就会有人说这是未婚者的偏见,但并非如此,我真的认为结婚太没意思。我认为,近年来不结婚的人之所以增加,就是因为大家都知道结婚太没意思。所谓结婚很美妙,其实就是由贫穷显示的幻想。虽然这种说法很极端,但我就是这样认为的。贫穷不仅限于经济方面,也包含精神方面。"

这时,我发现刚才那么混乱喧嚣的亲属席间完全安静下来了,所有人都望着这边。我再看看坐在前排的小金，她正圆睁双眼盯着我。我感到现场开始弥漫着某种尴尬的氛围。糟糕了，我心里想道。别在这个时候安静下来嘛！我心中产生了不适感，就像在婚庆仪式上连续说出忌讳用语一样。可是，我只能继续讲下去。我深深地吸了一口气，再次对着话筒说道：

"千智肯定也是这么认为的。因为千智和阵内都经历过一次失败的婚姻，所以这方面的体会肯定比我更深。不过，我现在看到她勇于再做一次这种无聊透顶的事情，我想，她是下定了决心，哪怕抛弃现在拥有的财富也要做这种无聊透顶的事情。我觉得这样的千智特别酷，我很羡慕她，因为我自己至今都未能下定任何决心。"

会场里的人们好像已经扫兴到了极点。亲属们四仰八叉地坐在椅子上，用座次表吧嗒吧嗒地扇着涨红的脸，皱起眉头互相耳语着什么。我的同学们也尴尬地低着头。忽然，一种爽快感袭上我的心头，就想再多说几个婚庆场合忌讳的词语——这是顽童式的冲动。

"无论是结婚，还是阵内，都不能使千智幸福，而且，千智也不可能使阵内幸福。不过，千智拥有自主抓取幸福的神力，请你给我这个优柔寡断的人做出榜样，请你展示用抓取幸福来充实无聊透顶婚姻的绝技。我十分期待。"

我说完低头鞠躬，会场依然鸦雀无声，没有人鼓掌喝彩。虽然小金慌忙地率先鼓掌，另有几人也加入其中，但也只是稀稀拉拉、毫无热情的掌声。我放下话筒走下讲台，尽量挺直腰背，缓缓地返回自己的座位。在经过千智面前时，我斜眼瞟了一下千智，只见她满脸通红，正用食指拂拭眼角，看样子是在强忍着笑。她觉察到了我的目光，就以桌上的花束为遮掩给我送来表示胜利的手势。

在我返回途中尚未就座时，会场突然暗了下来，随即听到司仪像要抹掉我的致辞般字正腔圆地说："那么，现在进行新郎新娘的合作程序——切婚礼蛋糕！"我慌忙坐回座位上。聚光灯向台上照去，手拿相机的人们蜂拥而至。我也赶紧再次站起来，夹在人群中向前赶去。身材干瘦的阵内和精心化过妆的千智共同握住拴着丝带的刀把,把刀刃按在装饰较少的简约型婚礼蛋糕上。这时,会场里响起了掌声。司仪说道:"蛋糕切分后将作为餐后甜点送给大家。"我突然想起早已吃腻的、母亲做的土里土气的蛋糕的味道,同时感到有颗泪珠从右眼中滚落下来,心里为之一惊慌忙擦拭。然后,我朝望着这边的千智送还了延迟数分钟的胜利手势。

夜空星辰窗里灯

无论如何都得全部扔掉，这是最优先事项。我将此铭记于心，并打开垃圾袋在房间里转来转去。三年前的衣服，一年以上没用过的盘子，剩余搁置的化妆品，全部扔掉。也许某一天还会用到，这种想法是最大的敌人。

我的房间里充满了这种"也许某一天还会用到"的东西。也许某一天还会穿的衣服，也许某一天还会用的调味料，也许某一天还会戴的腕表，也许某一天还会读的书，最后还有也许某一天会派上用场的纸提袋和包装丝带。当我想到当初决定把这些保留下来的自己时，心里就会产生强烈的焦躁情绪。"在向朋友归还借用的书和录像带时不能直接递出，而是最好装进马克雅克布名品包装袋里，所以用过后要把它完整地保留下来。"我感到心怀这种想法的自己卑劣可耻。而且，从壁橱深处以及抽屉角落里，又连续出现了我曾确信早已扔掉的武田君的物品——T恤衫、内衣、饰品、漫画书……这些肯定也是我当初觉得"也许某一天他会来取"而没有处理掉的东西。想到这里我又感到自己简直太可怜了。

全部扔掉！那个"某一天"永远不会到来！我转眼间就把半透明的塑料袋装得满满当当，然后扎紧袋口搬到玄关那里。这些装满不会再来的"某一天"的塑料袋，就要把那里堵得严严实实了。

我终于要在下个月即十一月的连休期间搬家了。我看过很多家房地产公司，耗时两个星期确定了新居。在确定之后我想到，为什么自己以前从未想过要搬离这座离车站步行仅需七分钟的公寓呢？这实在是个很深的谜。我最初搬进这里是在快三十岁的时候，算起来都已经办过四次续约手续了。而最大的谜，就是跟武田君分手后仍继续住在这里。虽然我们以前并非共同居住,但房间各处都还残留着关于武田君的记忆。而我究竟为什么继续住在这里呢?我现在从玻璃窗向外俯视时,仍不免会把那次分别时他的背影叠加在街景中。

在装满总共十个垃圾袋时,我停下手来打开窗户,冰冷的空气猛地冲进房间。我把水壶放在煤气灶上,开始准备泡红茶。我靠在灶台边,望着壶底时隐时现的橙色光点。

在厨房的墙边,立着四角完整、尚未组装好的纸箱。房间里因为拿掉了先前的一些东西,令我想到了残缺不整的豁牙。下个月要搬去的公寓房,在我从未居住过的城市。那里的商业街排列着旧貌未变的腌菜店和木屐店,而小巷里却散布着别致的酒吧和餐馆。虽说从那里去下北泽的切尔西店略有不便,但重要的是"我从未居住过"。

当我想到即将扔掉这里的一切离开时,心里感到特别畅快,就像换上新衣后喜不自禁地产生瞬间错觉,恍若不是原来的自己。

最近几个月来,我的周围逐渐发生了变化。

首先，按照千智此前的提议，二手服装店切尔西逐步实现了调整。计划下个月结婚的小金负责进货、网购订货和发货，小栗负责与税务师合作管理财务，砂原负责商品管理，每周来四天的里中担任店内美化委员，网络管理委托给据说曾以自由职业的形式做过网络设计的女孩。其实，我先前还想继续承担采购进货的业务，但在协商过程中领悟到一个决定性的问题——我的选货眼光随着年岁增龄了。也就是说，我发现自己的眼光已经过时，而且越来越陈旧不堪。无论在挑选衬衫还是连衣裙时，即使花色多种多样，我所关注的都是不至于太别出心裁的款式，也就是所谓的经典款式，而小金却以近似舞台服装的华丽衣服为中心选货。最后的结果就是她所选的款式特别畅销。

最终，我决定负责巡视店内并对全体员工实施管理。在小金做好采购方案后，由我拍板批准或适时提出修改方案，并对销售和店内活动做出指示，在必要时还会调整店内布局，对拟营销商品进行策划，并对临时工进行管理。这样的分工比此前负责接待顾客、挂价签，已经多少符合经营者的身份了，也清闲了许多。虽然清闲了许多，但我对此并不在意。

这是因为我从春季开始制作的布绘本发展得非常顺利，顺利得连我自己都难以置信。

武田君结婚了，千智结婚了，我的工作比以前轻闲了。虽然我心中那种"自己落后一步"的感觉愈发强烈，但我并未因此而沮丧消沉，其原因就在于此。

自从上条贵理惠通过杂志宣介布绘本以来，订单连续不断。我那时心中闪过的违和感——简直就像介绍她自己的创意，此时也因忙碌而变得无所谓了。再说，上条贵理惠后来还在各种杂志上提到布绘本，甚至还有人来我这里采访。有家全国性报纸的晚刊约我和上条贵理惠双方进行采访，还给我俩并排拍了照片。在登报的那个星期，切尔西店的电话铃几乎整天响个不停。目前，我们已向贵理惠介绍的专业缝制者发包。承包某名牌服装缝制的事务所里有几位女孩，她们以相当于志愿者的低工时费承包了我们的订单。即便如此，从目前电话接单到寄送成品最短也需要半年时间。顾客大都是三十岁到四十岁的主妇群体，她们的孩子正在上幼儿园或小学，希望能用孩子儿时的衣物制作绘本。我想，如果再等半年时间孩子都长大了一截，绘本恐怕就失去必要性了，但是，据说她们的心愿不仅限于给孩子看，还要留在自己身边做纪念品。

我不仅不会沮丧消沉，而且还特别得意。在此之前，当我看到千智和武田君独立决定自己的发展方向并迈步向前时，难免会产生强烈的畏缩情绪，而且，对于已经离世的母亲也怀有近似罪恶感的痛苦心理。如今我也找到了自己认为应该做的事情，不仅如此，还与他们完全不同，与世间的目光和利益也毫无关联，可谓纯粹出于个人愿望而创始的新路。瞧瞧我，怎么样？这就是我现在的心情。怎么样？别小看我哦！我甚至想双手叉腰仰天大笑。

我虽然再不能随意邀约武田君和刚结婚的千智外出聚餐，但还不至于没人跟我一起喝着酒东拉西扯。我最初去见贵理惠时紧张得不得了，但在为制作布绘本打交道之余就越来越亲近了。

冷峻而难以捉摸——这是从杂志采访报道和照片上看到贵理惠时得到的印象，可这都是秘书持丸道子刻意打造的结果。她代替贵理惠本人对杂志采访的取舍选择乃至形象设计提出要求，甚至连采访文字稿都要参照设计形象进行修改。毫无生活感的、优雅的、不谙世事的天然系——这就是她为贵理惠打造的人物形象。而像曾去超市囤购百元酱烤秋刀鱼罐头，在美术大学就读时兼职做过交通量计测，这些本人接受采访时说走嘴透露的情况，都被持丸道子作为"不符合上条贵理惠形象的发言"而删掉了。当然，那间一尘不染、如同样板房的工作室也由道子布置而成。

实际上，贵理惠并不爱装腔作势，总体来讲还不拘小节，她说话直言不讳，总是充满自信。因为她对别人的兴趣不像对自己的那么浓厚，所以我们在一起吃饭时，她总是谈论自己的工作。不过，这对我是一种刺激。最令我佩服的就是，她居然能像考虑准备当天的饭菜般接二连三地想出好点子。

如此想来，我最初去见贵理惠时，她也是这样满不在乎似的表示，可以用滞销商品的材料制作布绘本中的服装组件，还可以承接订制小物件等等。她无论何时何地都是这样，一旦产生新的创意，不管是正在用餐还是喝醉了酒，都会乘势大力向前推进。如果认定"有可行性"，就刻不容缓地取出手机给道子打电话，叫她马上做记录，例如：她刚刚看到酒吧里的杯垫就说想做塔罗牌，紧接着就推进策划并在女性杂志的附录中记下"上条贵理惠设计的塔罗牌"。在谈论布绘本时，她又突然想设计儿童使用的饭碗，现在也正在策划当中，如果进展顺利的话，明年夏季将会通过童装品牌开始销售。就像这样，她想到什么就说什么，但并不只是说说而已，还具有将创意变为实物的践行力。在近旁看到贵理惠像拖拉机般碾压推进工作，真是妙趣横生的事情。我能感到世间比我先前所想自由得多，甚至觉得自己也在做某种事情，自由地、按照个人的意愿做某种事情。

"你最好搬家。"这也是贵理惠给我的建议。她听说我在同一个地方住了近十年，就瞪大眼睛说："真是难以置信。"又听说我收入已有所提高，跟恋人分手后依然住在原地时，她更是喊出了："真是难以置信。""我帮你介绍房地产商，你搬家吧，是时候了！否则你和房间都会发霉哦！"然后，她就刻不容缓地当场帮我联系了熟悉的房地产商。

我一直站着喝红茶，想象着将要在另一座城市里开始的新生活。我决定，在那间住所里绝不摆放任何一件"也许某一天还会用到的东西"。我还决定，不能用差不多的物件凑合，连一把椅子、一个杯子都要四处仔细搜寻，房间里只能摆放真正称心如意的物件。

我把纸箱摆起来集中在屋角，先把烧水壶和茶壶取出来。茶壶和茶叶都是贵理惠送给我的，烧水壶是不得已从先前住的公寓带来的，打算回头就扔掉。我本想把房间整理得美观些，可是因为既没沙发也没餐桌，甚至连窗帘都没有，所以根本谈不上什么美观。于是，我先把窗户打开以便看到宽敞的阳台。与其说这样会感到凉爽，倒不如说这样让人感到寒气逼人，但我还是卑浅地想,等体验一番之后再关窗也不迟。然后,我从纸箱里抽出几本登着自己照片和报道的杂志,漫不经心地放在地板上。

接下来该做什么呢?当我环视屋内时电子门铃响了。我取下门禁对讲机听筒。

"我来喽!"听筒里传来千智的声音,"挺上档次的嘛,电子门禁呀!"

"我现在开门哦!"我朗声回应,随即摁了开锁按钮。

我跟千智很久没有私下会面了。自从实行分工制后,因为每月两次要在关店后开会,所以我跟她隔周见一次面。不过,她开完会总是赶紧回家,我也不好邀她去喝酒,因此在工作以外的时间我俩的单独聚会明显减少。

千智进门后不等我指引就去各个房间察看,连卧室和厕所都看过后,只哼了一声就坐在了地板上。

"抱歉,我这儿既没坐垫也没靠垫,我把以前房间里的东西几乎全扔掉了。"

"好啊，那样好啊！哦，我买蛋糕了。"

千智的眼睛仍在打量房间，并伸手递出一个方形盒子。我道谢后接过来，随即朝冰箱走去。

"这地方不错嘛！起居室挺宽敞，阳台也挺宽敞呢！"

听千智这样说我松了口气，终于得到夸奖了。

"啤酒倒是也有，要不就泡点儿茶吧！还有蛋糕呢！"

"我们家吧，因为阵内硬是主张要小独楼，所以我只能妥协呀！小独楼说起来挺容易，可稍好点儿的动辄就要三十万、四十万日元，哪能租得起呀？"

我瞟了一眼仰望天花板发牢骚的千智，往烧水壶里灌上水。此时我不禁怒从中来，她这是在向我炫耀——虽说你小华住一居室公寓房，可我家是小独楼哦！

"小独楼不挺好吗？可以在里面尽情地玩闹，不是吗？"

"后来我们好不容易找到租金在预算以内的小独楼，可是去车站要步行二十分钟，而且还是三十年的老房子。"

"要步行二十分钟啊！"

"是呀！阵内说有车不要紧，可我自己没驾照哦！也就是说，我想去哪里的时候，要么自己吭哧吭哧地走着去，要么带着阵内一起去，对吧？而且只有车站对面那一侧才有超市，步行得三十分钟，所以还是得叫阵内送我嘛！可是，男人在超市里几乎起不到任何作用，又记不住东西的位置，只能傻愣愣地跟着我走。"

哼！我发出这种尽量显得毫无兴趣的声音。水烧开了，我把茶叶放进茶壶，从厨房餐台旁的窗口看看千智，只见她伸展双腿坐着朝阳台张望，不知是真没发现还是假装没发现，对我似乎故意摆出来的杂志根本连看都不看一眼。

"真好呀！这里很棒哦！我家到处充满了米糠酱的味道。阵内硬要腌菜，就开始腌上了，每天都发出刺鼻的味道。这又是个特别适合米糠酱味道的家嘛！阵内每天起来就蹲在那里搅拌米糠，实在叫人受不了呀！就是那么个地方。哎，你也来我家玩玩呗！"

这次我没回应，想以此表示自己对千智的新居毫无兴趣。

其实我并非像千智所讲的那样，认为她结了婚就是背叛了我，而自己也并非在艳羡嫉妒，不过，心里还是隐约感到某种失望。我告诉她已搬家的消息后，她立刻回信问可否过来看看。我原以为她会在本月底或下个月来，没想到她这个周日就想来看看。如果她要来，本来我希望她能在我收拾好房间后再来参观，可她那么急不可待，让我感到她就像要来做调查一样。她说不结婚、要创立"纯爱之会"也就是去年的事情，可现在她似乎已轻而易举地忘掉了这些，而且来了之后净说些关于阵内的牢骚话。反正我就自己一个人嘛！不管去哪里都是自己一个人走着去嘛！我差一点就对她说出这样的话来。

"哎，千智，我上那本杂志啦！"

因为千智一直毫无觉察，所以我从厨房餐台探出身提醒她。

"啊？真的？好棒呀！"

千智趴在地板上拉过杂志翻看。

"就是'旧衣利用新方法'这一页吗？啊，真的哦！有小华呢！这本杂志也有你吗？"

此时我的心情才略有好转。水壶开始喷出热气，我关火后把开水倒进茶壶。茶叶是七年的普洱茶，是贵理惠送给我的。她最近热衷于研究茶饮，不仅从香港订购了多种茶叶，还说"想开一家专营茶饮的咖啡馆"。就因为她是贵理惠，所以这也肯定能实现。

"哎，这张照片拍得不太好吧？小华，你真人可比照片漂亮哦！不管怎么说，这个叫贵理惠的人，每张照片都是同样的表情嘛！"千智趴在地板上说道。

我顿时从不快转为嗔怒。

"可是吧，贵理惠很了不起哦！这也想做，那也想做，新创意一个接一个，而且马上动手实施。另外呢，她做的不是像咱们这种没多大起色的事情，而是从童装品牌制作到餐具系列，还会搞些化妆品包装设计等，应该说规格较高。"这时我发现自己讲得特别认真，"另外，有贵理惠扶持，布绘本现在进展得非常顺利。订单都已经排到半年以后了。"

我掀开茶壶盖，察看茶叶是否已经泡开，随后打开厨房里的纸箱，却找不到茶碗和碟子。对了！我这才想起旧餐具都已被扔掉。无可奈何，我只好端着玻璃杯和蛋糕盒返回起居室。我把空纸箱上下颠倒当桌子摆好蛋糕盒，再把茶壶提过来。

"以前的餐具全扔掉了，不好意思，你可以用手拿着吃吗？"

"可以呀，可以呀，就这样直接拿着吃吧！"

千智把杂志扒拉到旁边，随即打开蛋糕盒。我把茶水倒进玻璃杯，热气腾起，香气柔柔地飘散开来。

"小华在做什么？"千智一边让我看蛋糕馅一边问道。

"啊？"我反问道。

"你看嘛，设计是贵理惠做的，对吧？缝制是专业缝纫工做的，对吧？所以我想，小华不就是个发货员吗？"

我先前的不快和嗔怒顿时化为石块般的恼火。怎么回事儿啊，千智？你来我这儿是想说什么呢？你自己跟五十岁的男人过得挺自在，就故意来这里对我说"你只是在做些不足挂齿的事情而已"吗？

"我可是原创者呀，也可以说是总监哦！现在要是没有我，她们就会一事无成哦！"

"真的有钱可赚吗？"千智拿起蛋糕漫不经心地问道。

我停下伸向蛋糕的手瞟了千智一眼，只见她正在向打开盖的纸箱里窥探。哦，原来如此！我觉得这也不难理解，她这是在说怪话呢！因为我个人的创意衍生出的项目受到瞩目乃至登上了杂志，她就说出那些艳羡的奇谈怪论。想到这里，我的怒火像被速冻般熄灭了。

"我对赚钱多少不是特别重视哦！因为我并不是为了赚钱做这个的，她们也都一样。贵理惠和缝纫工的女孩们也都把赚钱多少置之度外。如果总是考虑赚钱，怎么说呢，是不是太惨了点儿？或者说精神上太贫穷了？"为了回敬千智的挖苦，我还加了一句，"要是想多赚钱，我就会卖二手名牌货或者不顾体面什么都做哦！"

但是，不知千智是没察觉我的挖苦还是打定主意不予理睬。"嗯，我觉得只要你不亏损就什么都行啦！"千智突然用大姐式关心的语调说道，"只要不被那个叫什么贵理惠的人篡取你想做的事情就行，也包括多赚钱之类哦！"

千智严肃地说完，一只手拿着咬过的蛋糕，另一只手伸向茶杯。

"呃，这茶霉味太重了！"千智喝了口茶水笑了。

"从香港过来的茶就是这味儿哦，因为这是高级茶嘛！"我没有笑。

"是吗？香港啊！"

千智露出感佩的表情点点头，开始啜饮茶水。我不再多说什么，千智也什么都没说。摆着蛋糕盒和茶杯的纸箱上寂静无声，只有茶水悄悄腾起热气。

"如果呢，"沉默片刻后千智开口了，她目不转睛地盯着粘在手上的蛋糕奶油说，"如果呢，小华的新项目发展更加顺利，我这边也顺利发展到足以增设二号店，即便如此，也要毫不改变地保留切尔西哦！咱们要努力坚持到不得不关店为止哦！"

千智的脸庞洒满阳光，看上去就像个小学生。我感觉就像听到小女孩的告诫一般——咱们在桥下修建秘密基地的事儿不要告诉任何人哦！我不得不咬住舌尖，控制住自己不哭出来。我感到，自己和千智之间似乎出现了很大的隔阂。

蛋糕吃完，茶水喝完，千智百无聊赖地环视着屋内，又站起身来望着阳台。

"我该回家了吧。"她嘟囔道。

哎，一起吃晚饭吧！好久没聚了，美美地喝一顿嘛！你在我这儿住一晚也行呀！我本来想这样说，可话到舌尖就卡住了。

"那下次店里开会时再见面吧！"

千智在玄关前说："你也来我家玩吧。"然后，她笑着挥挥手。

"嗯，我会去的。"我也露出笑容轻轻挥手，"谢谢你的蛋糕。"

"再会喽！"

房门像要遮掩千智的笑容般关上了。在房门关上后，我才发现自己还不知道千智现在的住址。

朋友是怎样结成的呢？

我一边走向约定地点一边思索这样的问题。沿街排列的商店都用圣诞节专用显示屏装饰着商品橱窗，步道旁排树枝头的迷你灯泡闪烁着蓝色光芒，身裹大衣、缠着围巾的人们都兴高采烈地快步向前。

我从行人之间穿过，视线投向地图，心中想起自己的小学时代。有五个上学路线相同的男女同学是我的好朋友群。后来，我们五个都进了同一所初中，但因班级不同，就几乎不再交谈了。取而代之的新朋友是初一时的同班同学，是座位相近的几个女孩。本班的座次按名册顺序排列，因为名册是按日语五十音的顺序排列的，所以初中时代朋友的姓氏与我的姓氏相近。

我按照打印的地图，走进二手服装店与拉面店之间的小巷。在经过灯光明亮的二手服装店旁边时，我迅速地确认了一下——店前排列着身裹七十年代款式服装的塑料模特。在狭长的店内，有个身着嬉皮式装束的女孩在聚精会神地挑选T恤衫。

进入小巷后，刚才正街上的喧嚣声骤然远去。圣诞节彩灯也不见了，路灯将白光投在柏油地面上。

前面提到的姓氏相近的五个人各自升入了不同的高中，此后相互也就断了联系。在高中时期，我新结交了同属一个班级的朋友。高中毕业后，升入大学新结交的朋友都是兴趣爱好相近的人。即便如此，那些兴趣爱好也只是像装束、发型、社团活动和选课方式等显而易见的方面。我跟穿着布克兄弟品牌服装的女孩只有见面微笑、打招呼的交流，更没机会跟身穿运动衫在立式广告牌上写"现在闹革命"的男孩交谈。

大学毕业后随着年龄的增长，朋友接连不断地被淘汰，即便服饰打扮相似，选课种类相近，我对那些热心推荐改变自己的研讨班的成员依然避而远之，也不再跟那些突然对法国情有独钟而言必谈法国电影的人会面。我无可奈何地认为，这与小学时代相比，结交朋友已不再是偶发事件，而是必然的类聚。

不过，令我感到不可思议的是，我跟结婚生子的伙伴也疏远了。当然，因为要具备相当的时间，所以这种会面本来就很困难。不过，虽然这种困难客观存在，但像电子邮件和移动电话这些通信手段也在增加。其实并不是在兴趣爱好方面与结婚为人母的伙伴有所不合，也不是思考和想法产生了显著差异，可是，此时我忽然发现自己周围都是未婚者。

我找到了贵理惠指定的地点。这是一家小巧的意大利餐馆，打开木框门，只见一条微暗的吧台向深处延伸。店员穿着浆得笔挺的衬衫，我说出贵理惠的名字后，他就领我经过吧台，穿过同样光线微暗的餐厅走进里边的包间。在包间里，有贵理惠、道子和在贵理惠工作室见过几次面的女性杂志编辑仲本千绘子。因此，我的周围全是未婚女性。

"抱歉！我是最后到的吗？"

我一边说一边坐下，此刻模糊地意识到——自己此前跟千智交谈过那么多次，观看过那么多景物，共度过那么长的时光,而现在却要在彼此之间画一条已婚未婚的界限,恐怕就这样要各奔东西了。

"不是哦!过会儿还有一位我们出版方的人士要来呢!刚才已经联系过了,还得一会儿才能到。咱们先干杯吧!"千绘子说道。

"要哪种呢?啤酒,还是香槟?要不干脆来葡萄酒吧?"贵理惠向我们巡视了一圈征求意见。

"因为还要庆贺一下,那就来香槟吧!"伙伴中最有主意的道子提议。

千绘子麻利地订好了香槟酒。

"庆贺是怎么回事儿?是生日,还是贵理惠确定了什么新项目?"

"不是哦!今天的庆贺跟小华也有关系呢!过会儿再说吧!"千绘子向我笑着说道。

香槟酒端来了,粉红色的液体斟入细长的酒杯。我们轻轻碰杯,别无含义地相视一笑。在几道前菜摆满餐桌时,新面孔急急忙忙地登场了。这位把头发高高梳起的女性向在场的每个人分发了名片,随即一口气喝干了斟好的香槟酒。

"哎,笹本是独身吗?"

贵理惠交替地看看刚接过来的名片和刚坐下的她问道。

"我结过一次婚,现在是一个人。"笹本香苗用练达的语调答道。

"我的前夫是个酒精中毒者哦!"千绘子间不容发地插嘴道。

"什么?什么?是真正的酒精中毒吗?"贵理惠向桌上探身问道。

包间里顿时变成女子学校午休时的状态。在我们发出欢呼和畅笑声的空当,店员文静地撤下了前菜的碗碟。

"这样说来,贵理惠,上次舞台服装那事儿怎么样啦?"

"哦,那个已经黄掉了。"道子答道,"虽然跟设计师合作顺利,有几种布料印染也都已经开始了。"

"都到这一步还黄了,这种情况很少见吧?"

"因为跟某个介入项目的监制发生了一些状况。"

"那人是个主妇哦!"贵理惠滴溜溜地转动酒杯开口说道,"怎么说呢?她本来就不是诚心诚意嘛!明明不是诚心诚意却要说这说那,还把事情搞得杂乱无章啦!其实吧,那种人哪怕自己不赚钱也有饭吃,所以只是边玩边参加哦!"

"哦?她老公是干什么的呀?"笹本香苗问道。

"广告代理商。"贵理惠毫无兴趣似的答道。

"她还有孩子,就在我们协商的时候打来电话。本来她应该关掉电源,而她却满不在乎地接了电话,还说:'啥呀?又怎么啦?'"道子补充说。

"呜呃,真恶心!"香苗和千绘子异口同声地说道。

"那人是典型的'寻找自我系'哦!结婚前在广告公司,结婚后就辞掉了工作。生了孩子以后,就利用辞职前的门路或者说是老公的关系开始做写手之类的事情,并着手与舞台相关的杂志和书籍,所以就加入了我们现在的项目。她还做瑜伽,搞葡萄酒讲座什么的呢!全都是半途而废啦!"贵理惠一边用餐叉缠绕意面一边滔滔不绝地说道。

"呜哇！有呀有呀，那种人！而且，千绘子的杂志，本月刊不就是那样的吗？"

"哦，女士特辑！"

"那是什么？"

"你看啊，不是有好多女士利用老公的钱实现自我吗？学学插花啦，拿个红茶调茶师的资格证啦！就是这种特辑嘛！但是，仔细一读就会发现，真是，怎么说呢？真是个可怕的世界哦！那些女士花高价去学校学习，然后向街坊大妈们开放个人住宅。"

"那事儿，听人说起来相当悲惨呢！可是，因为悲惨的事情不能写出来嘛！"

"上次采访也闹得挺紧张哦！"道子说完忍不住轻轻一笑。香苗追问："啊？怎么回事儿？"道子翻开酒单说："那人一边这样忽闪着无名指上戴的戒指一边问贵理惠：'是不是待在这样的工作室里就不那么容易跟男人过日子了？'贵理惠绷起脸说：'啊？我不明白你的意思！'那种人是不是有点儿迟钝呀？居然解释说，因为看见工作室收拾得非常整洁，就以为一旦被别人搞乱贵理惠会焦躁不安。"

"我本来想说这跟你没关系哦！可是因为道子盯着我嘛！哦，葡萄酒选好啦？订了吧？"

"那你最后是怎样回答的呢，贵理惠？"

"我说，我与你不同，只跟审美观和价值观相合的人打交道。"

"痛快！世上真有那种蠢女人呀！"

"在我来看，只有那种过着无聊婚姻生活的家伙，才会找碴儿贬损贵理惠这样的人嘛！"

店员走过来，道子订了葡萄酒。意面盘子被撤下，重新摆上了玻璃酒杯，接着端来了肉类菜品。我跟她们一起欢笑，尽情地贬损她们所说的愚蠢已婚者。不过，我也开始对自己坐在这里产生了违和感。

随着持续跟上条贵理惠及其朋友们打交道，我渐渐地摸清了她们的共同特点——都是未婚女性，而且敌视所有的已婚女性。对她们来说，这就像过去的电视动画片一样，被简单地分成了善与恶的二元论。我也是未婚女性，目前也没有恋人，但是，虽然我这样满不在乎地加入她们的讨论，可当她们对已婚女性的攻击过于激烈时，说实话我也会感到很扫兴。我暗自推测，贵理惠之所以跟那位舞台监制合作不顺利，并非由于业务方面的纠葛，恐怕就是因为那位监制在回答贵理惠最初的甄别性提问"你是独身吗？"时就已被淘汰。

以笑脸贬损已婚女性，她们的表情就像镜子般映出我自己面对千智时的面孔。想到这里，我不禁心头一惊。

"聊这些还不如说说那事儿呢！"贵理惠突然话头一转对千绘子说道。

"哦，对啦！是时候说说那事儿了！因为想给小华一个惊喜，刚才就压着没说。"

千绘子拿起放在脚旁的大号挎包，伸手在里面唰啦唰啦地拨来拨去，然后取出什么东西向我递来。

"审批通过了，你的策划项目！"

"布绘本，准许出版啦！"

贵理惠和千绘子从左右两侧盯着我，像立体声广播般大声说道。

"啊？出版？"

我从千绘子递来的文件夹里取出资料，随即浏览了一遍。在这些书面文字载着含义进入我的大脑之前，她们的声音就已经在我的耳畔回响了。

千绘子和贵理惠、道子和香苗轮番兴奋地快速向我讲述——贵理惠曾在订单以外用自选布料制作过布绘本，这份资料里就夹着相关彩色复印件。我所制作的布绘本中没有附加文字，而她的却用刺绣缀有短文。据说，那些短文由某位年轻女作家创作。我也知道那位有名的女作家。千绘子与出版部门的笹本香苗协商，希望能在该社出版。布绘本终于在前些天的策划会议上公布了批准决定，计划在明年春季出版销售。

我脑袋里顿时响起一片喧嚣声，这不是因为喝醉酒，感觉就像大脑内部刮起了台风。因此，她们的说话声听起来时远时近。

"小华别担心，作品中也会有你的正式署名。"千绘子注意到我在发呆就做了解释。

"这事儿已在部里讨论过,毕竟在封面印上三人的名字显得不太简洁,所以小华的名字就作为原创者登在封底。"香苗把笑脸转向我说道。

"以个人名义订货实在有限,意义不大,不是吗?因为这毕竟是我的设计嘛,所以你不觉得应该让更多的人看到吗?"贵理惠不无得意地说道。

"版税的问题也已充分考虑过,小华当然不属于实质性相关方面,所以不可能占到三分之一。"道子做了补充。

"我是富人,所以并不在乎什么版税啦!"贵理惠噘着嘴说道,"第一版发行册数尽量争取多出,只要方法得当,我想应该能畅销。"

"'只要方法得当'?!这太保守了吧?毫无疑问能畅销的啦!"

"像这个短诗部分吧,下次我想委托另一位女性作家,希望能搞成系列产品。"

我望着手中的彩色复印件,在色彩暗淡的布料上缝缀着紫云英绽放的原野和天空的布贴。原野上铺了一块野餐垫,摆着水瓶、书本和点心包装纸,但一个人都没有。一瞬间,我眼前掠过全家人去海滨时的情景。我和妹妹奈惠穿着同样的泡泡纱连衣裙,母亲戴着刚买的太阳镜,把方丝巾盖在头顶,父亲戴着麦秆草帽,一只手提着救生圈,另一只手提着装盒饭的野餐篮。草帽忽然被风吹飞,父亲慌忙追上去。我和奈惠看着那滑稽样子笑得直不起腰。那是在什么时候?海滨人影杳然,海风呼呼劲吹。就是这样,贵理惠的作品具有唤起记忆的魔力。我最初看到时就有这样的感触。即便经过制版印刷,那种魔力肯定也不会丢失吧。就像我能窥见记不清年月的遥远昔日一样,她所完成的每幅画即使被印刷成平面的纸上世界,也能帮读者唤回幸福的记忆吧。翻开绘本的人会再次获得难以重现的遥远记忆中的一帧画面吧。

不过,我又拼命地抗拒倾听某处涌起的自己的声音——可是……这……不对呀!我还是听到了这样的声音。这不对呀!这跟我想做的事情完全不符!

"怎么啦?你好像不高兴?"贵理惠皱着眉头盯着

我问道。

我想，如果自己表示不同意，她肯定会放弃出版。贵理惠非常厌恶拖延时间和争执不休，如果得不到我的同意，她就会转做其他项目吧。不管怎么说，她毕竟是个新创意的宝库，想做的新玩意儿会像变戏法似的接连不断地出现。即使这部绘本，她也未必真心实意想做，只不过是无数新点子中的一个而已，如果进展不顺利她随时可能舍弃，至少不会像我这样尽心尽力。所以，我完全可以说出来，直截了当地表达自己的心声——这样不对，这样做，我不同意。

然而，实际上我说的却是："实在太好啦。"因为这与我的初衷不一样。"肯定会畅销吧。"因为，她们要做的事情已经与我毫无关系。"版税什么的，那个就算了吧！因为我还没支付贵理惠足够的设计费呢！"我居然还能笑得出来。"出版纸书太厉害啦！只要去书店就能看到，这真是太棒啦！我的名字不标出来也可以的，因为那是贵理惠的作品嘛！"

"就该这样哦！"贵理惠探身说道。

"甜点要哪种？"千绘子在餐桌上摊开菜单问道。

"巧克力慕斯蛋糕，嗯，焦糖布丁也不错呀！"香苗说道。

"咱们用渣酿白兰地酒再干一次杯吧？"我说道。

"那，我叫店员来！"道子打开包厢门。

众人的欢声笑语从满员的大厅猛地涌了进来。我虽然腹中已饱，却感到似乎没吃够。虽然喝了不少酒，心情却像冬季的天空般肃杀。

临近年末的三十号，是母亲的一周年忌日。我身穿孝服就上了电车，直接前往老家附近的寺院。父亲和奈惠一家都已到达，大贵和桃子在正殿里来回跑着玩。我感到特别不可思议，前不久还蹒跚学步的大贵，现在就像上满发条的玩具娃娃般奋力奔跑。如果只看奔跑的架势，简直不像幼童而是小小的大人。极度兴奋的大贵发出"乖——"的怪叫声，正树跟在后边紧紧追赶想抓住他。大贵被抓住后，再次发出"乖——"的吼声。桃子来到我身边，用异常老成的语调说："太讨厌啦，男人！"

"你要待到正月吧？"奈惠问道。

"我是有这个打算。"我答道。

跪坐在最前排的父亲回过头来说："年夜饭已经订好了。"他的笑容显得孱弱无力。

在近一小时的诵经过程中，大贵一直不消停，桃子把头枕在奈惠的膝头睡着了。父亲蜷曲着腰背不住地落泪，奈惠轻柔地拍着桃子的背部露出发呆的表情。摆放在祭坛上的母亲的灵牌显得格外渺小，在正殿白炽灯的照射下，黑色灵牌的金边闪闪发光，就像母亲欢笑时那样闪闪发光。

当天的晚饭和去年一样仍是奈惠的火锅料理。蘸汁的颜色异常发黑，种类不明的食材看上去与去年完全相同。据奈惠所讲："海产食材就是海产食材，陆产食材就是陆产食材，应该把两者分开煮制，两种味道不相混才好吃。"所以，这次的火锅食材统一采用海产品。于是，鳕鱼块、氽沙丁鱼丸、章鱼块、海虾、鱼肉丸等和蔬菜一起漂在锅里。我胆战心惊地尝了尝，虽然稍稍偏咸，但比去年入味可口了许多。

"老爸厉害得很呐！洗衣服、打扫房间全都自己做呢！"奈惠在餐桌旁告诉我。

"这一年来，我是拼了命地学做家务啊！因为我不得不自己一个人过日子嘛！"父亲坐在对面隔着腾腾热气说道。

"那做菜也是自己做吗？"我问道。

"做菜还是挺难的呀！我想明年去报个烹饪班学学呢！"

奈惠咬着筷子尖瞟了正辉一眼。把大贵放在膝头的正辉吹吹夹起的菜，然后送进大贵的嘴里。

"是呀！像妈妈那种大包大揽的主妇终归会把男人废掉呢！我吧，就想把正辉培养成会做家务的男人呢，要叫他成为一个丢掉'女主内'这种偏见的男人呢！从今往后，像老爸这样的男人就越来越少了，而且就算还有也不受欢迎。像正辉这样的肯定是最后一代不会做家务的男人啦！"

从说话语气和眼神来看，奈惠似乎在挖苦正辉。但是，不知正辉完全没意识到还是佯装不知，一边喂大贵一边温和地说:"来,胡萝卜也要吃啦,不能光吃虾哦。"

奈惠遭到彻底的无视,就渐渐放大了嗓门:"首先,我觉得,说这个时代便于女人参加社会工作简直是弥天大谎。在孩子出生后得有人做家务吧?可现在不管什么事情都推给了女人,不是吗?而另一方面却有人叫喊要想方设法解决少子化问题,这也太矛盾了吧?我说,既然要叫女人多生娃,那就必须营造易于生娃、易于养娃的环境才行嘛!要是又叫女人生娃又叫女人做家务,那就必须让男人挣更多钱才行。而且,要是再叫女人兼顾家务的话,男人也必须又做家务又育儿才行嘛!政府根本不懂这个道理呀!"

不知不觉中,奈惠的说话方式变成了演说腔调,还把政府都搬出来。父亲被桃子缠着去厨房拿果汁,正辉继续给大贵喂菜吃。尽管没人听奈惠演说,可她仍像打开电源般在火锅升腾的热气中喋喋不休地述说着。奈惠这种特点从很早以前就有,她不会直接表达想叫人这样做或那样做,而是采用东拉西扯的方式绕来绕去,说着说着就对自己的词不达意恼羞成怒,最后还会莫名其妙地乱骂一通。即使在小学毕业之后、结婚之后、当妈之后都没改变过来。

我漫不经心地听着奈惠的演说,环视时隔一年重返的家,虽然看似与去年几乎完全相同,但是没有母亲精心收拾的房间毕竟显出些许荒颓的迹象。尽管父亲说过已经完成大扫除,可碗橱、台面和电话机上都积了薄薄一层灰。抬头看看荧光灯,罩内还有些小黑点,可能是从哪里钻进去的虫子的尸骸。那些灰尘和小黑点都使我想到母亲已经不在,想到母亲为我们做了不知多少事情。

父亲向杯中倒入果汁,大贵立刻伸出手去。正辉刚要制止,果汁杯却先轻而易举地倾倒,杯中液体华丽地洒落在地板上。桃子说裙子被弄湿了,立刻夸张地哭了起来。父亲起身要去取抹布,却踩在果汁上一滑摔了个屁股蹲,大贵看到就发出了歇斯底里的笑声。奈惠站起来怒骂大贵,正辉又开始哄劝奈惠。受到怒骂的大贵的哭声比桃子的音量还大,裤子被果汁弄湿的父亲一边抖落果汁一边消失在厨房。在吵闹得无以复加的餐厅里，我突然清晰并难以置信地醒悟到——在怀上我之前尚未为人母的母亲，她的心愿即在于此。此时这种吵吵闹闹、傻里傻气、笨手笨脚、既无任何目的性也无任何可供学习之处的瞬间，毫无疑问正是母亲一直希望得到的。母亲想亲手缝缀的其实既不是女儿的衣服也不是包包，既不是电话机罩也不是窗帘，毫无疑问正是像现在这个瞬间的气氛。我不知何故对此确信不疑。母亲为何那么想得到那种渺小的东西呢？那些明明都没有任何获取的价值，而且母亲现在也已不在这里。

在伦敦城区忘我地东奔西走，对持续变化的东京哀叹不已，对不排斥古建筑的英国人赞不绝口，热烈谈论将来要开一家凝结着这种理念的商店——自己和千智的身影与仅在照片上见过的母亲年轻时代的姿容渐渐重叠起来——曾经树立某种目标、创制某种产品的我们。明知已不可能再见到母亲，可我非常强烈地想见到母亲，想见到为人母之前的、应该曾像我这样追求某种目标的母亲。

"哎，奈惠，明天咱们一起烤蛋糕吧！"我朝奈惠说道。

奈惠仿佛变成了郁闷情绪的凝块一样正在擦桌子。

"啊？姐姐又要做那种难吃得要命的蛋糕吗？"

"上次是我一个人做，所以才失败的嘛！这次奈惠陪我一起做，就应该能成功啦！"我恭维地说道。

"反正有空儿倒是也能做。哎呀！果汁都洒到蘸汁里了。老爸，这个倒掉吧！"

父亲隔着吧台接过奈惠递来的碗说："我明天去超市取年夜饭。你们有什么要买的，我顺便捎回来吧！"

"你先前说订了年夜饭，原来是超市的呀。烦人！既然要订就订更好的嘛！商厦里也有，而且现在还能在网上订哦！"奈惠露出烦透了的神情说道。

"明天我开车去。"正辉带着戏剧性的笑容调解道。

新年伊始的第三天，我走出空荡荡的私铁电车车厢，通过检票口就已看到身穿羽绒夹克的千智站在广场向我挥手。这里只有一家蛋糕店开门营业，其他的站前商店都是卷闸门紧闭，再加上阴沉沉的天空，令人感到这是一座极为萧条的城市。我和千智并排向前走去，只见在也是卷闸门紧闭的商业街各处，随风飘舞着太阳旗。

"简直跟过去一样的感觉。"我不禁说道。

"就算这里的商店全开了门，也像过去一样哦！只有这座城区还是昭和时代的感觉。"

"啊，有一家开门的店。"

在那家店门口，突兀地摆出一块闪着白光的招牌。

"哦，是一家百元店。进去看看吧？"

千智说完，我禁不住轻轻笑了出来。

"'名媛千智'进百元商店？"

"我已经不是名媛了嘛！对了，他还叫我买些冷饮回去呢！"

千智自言自语似的嘟囔着，大步走近百元店，并径直进了门。在店门口，杂乱地摆着瓶装咖喱和罐装食品。我望着那些杂货等候千智，可她迟迟不出来。寒风刮得我耳朵刺痛，于是我也钻进了自动门。

在荧光灯耀眼的店内，满满当当地摆放着各种商品，从食品到文具，从烹调用具到化妆品，甚至还有CD和绘本。我已忘了寻找千智，不由得被几近过剩的商品吸引了目光——眼影粉、长筒袜、陶瓷盘都贴着一百日元的价签。我注意到摆在餐具架上的马克杯，就伸手拿过来看。从远处望去，这些涂着五颜六色竖纹的马克杯显得相当可爱，可拿在手里怎么看都是廉价货。

"够厉害吧，百元店？"

我听到身后的问话声，扭头一看是千智得意的面孔。

"这个也只卖一百日元？这个时代简直太可怕啦！"

"那个，买吗？一起买吧？"

我想起自己的新居里连个茶杯都没有，就想在这里买一个，但是，我又把马克杯放回了货架。

"不买了。"

"买一个呗！反正就一百日元嘛！"

"不，算了。"我摇摇头说道。

"那我去付款了。"

千智提着装了纸盒果汁和小食品的购物篮走向收银台。

我跟在千智身后，告诫自己搬家时已做过决定——在找到称心如意的佳品之前连一个茶杯都不买。

"到了我家你可别吓一跳哦！那真是'昭和'般的感觉。"

"但毕竟是小独楼吧？"

"哼，我们夫妻俩，怎么说呢，也都是二手货的感觉，倒是跟房子挺搭的嘛！"

千智使劲摇晃着装了饮料类的塑料袋笑了。

我发现自己很依恋千智的笑声。就在短短几个月前，我还认定我俩不可能再像过去那样会心欢笑，而现在我却发现，自己居然对千智笑声的一如既往、毫无改变而深感释然，实在太没出息了。

这时，一伙人手持驱魔箭大笑着走了过去。可能是大白天就已喝醉，他们满脸通红。喧闹声渐渐远去，仿佛被阴沉的天空吸收殆尽。

"抱歉哦，千智！"我说道。

千智看看我问道："什么呀？"

"哦，那个……大过年的跑去你家。"我答道，呼气若雾。

"烦人！说这话干吗？今年我嫌麻烦，娘家婆家都没去。阵内亲戚太多，肯定会说我是个不懂规矩的媳妇，因为我结婚后第一次过年就逃避嘛！"

路旁卷闸门紧闭的商店越来越少，小巧玲珑的独楼和木造二层公寓排排延伸。走了二十分钟，千智才抬手指着前方说："那就是。"在简易公寓的前方出现一棵纤纤小树。

"虽然貌似弱不禁风，可那是银杏树哦！"千智说道。

面朝街道有一座小小的庭院。在庭院的深处，有一座与建造三十五年历史相符的木造住宅。千智打开房门，顿时有股强烈的咖喱味直冲鼻腔。玄关很狭窄，只摆十双鞋就再没有立足之地了。我跟随千智进了屋。

"啊，小华，欢迎！"

阵内系着围裙，从里面的房间露了一下脸。

从玄关延伸出细长的走廊，左右各有一个房间，走廊尽头是楼梯。我脱掉大衣，心神不定地四下张望。右侧的房间是厨房，左侧是日式客厅。厨房里摆着千智原先房间里的餐桌，几乎占满了厨房空间。阵内把身子贴在煤气灶台上，正在搅拌锅里的菜。

"今天小华在这儿吃晚饭吧，我已经做好了秘制咖喱。"他不无得意地说道。

"哪是什么'秘制'呀！也就是用商场卖的咖喱卤做的呗！"

千智小声嘀咕着领我去了日式客厅。这里有电视机、被炉桌、立体声音响和书架，墙上挂着抽象画，透过蕾丝窗帘可以看到庭院。可能是因为千智和阵内把各自用过的东西直接搬来了，感觉家具饰物都互不搭调，电视机才十四英寸，而音响喇叭却格外大，书架上陈旧的偶像写真集与埃贡·席勒的作品相邻，贴在漂亮抽象画旁的日历上印着小狗的照片。说实话，我觉得这个房间与千智的个性极不相符，哦，或者说与千智的婚姻生活极不相符。此前连地址都没问的我所想象的千智的新居，应该是一座家庭气息十足的雅致小楼，起居室和餐厅都在二楼，从宽大的窗口能望见公园的绿色树林，家里不显山不露水地摆着风格典雅的家具，虽不十分宽敞也应显得井井有条。而在相当于起居室的这间日式客厅里却摆着厚重的被炉桌，而且被像是临时凑集的家具包围着。如果把蕾丝窗帘完全打开，恐怕会跟街上行人四目相对吧。我在千智的婚礼上致辞时，曾大放厥词地说"结婚无聊透顶"，而此时我感到，千智真的达到了无聊透顶的境地。

如果是两个月前的我，看到这不符合千智个性的新居，心里一定会感到很痛快吧，我可能会美滋滋地俯视她吧。但是，现在我对这个混杂凌乱的空间产生了连自己都感到匪夷所思的敬意。

千智来往于起居室和厨房之间，在被炉桌上摆好啤酒和酒杯，还有盛了腌薤头和咸菜的碟子，并把小食品倒在盘子里摆好，然后原地站着嘟囔道："嗯……还需要什么呢?"

"好啦!坐下吧!一起喝啤酒呗!"

"阵内,咖喱暂且放一会儿,咱们先干杯吧!"

千智刚说完,系着围裙的阵内就颠儿颠儿地走进来。我们相互斟上啤酒,在被炉桌中央叮当地碰了杯,异口同声地说:"过年好!"

"我的秘制方法,首先是充分煸炒大蒜和生姜,然后就是洋葱头啦!这得炒一个小时才行呢!然后放进切好的培根,再加上水煮西红柿罐头和可可粉,继续长时间炖煮。"阵内刚坐下就突然开始讲解煮制咖喱菜的过程。

"可是呢,最后不还是得加上普通的咖喱卤吗?这个人能做的菜只有咖喱。可像炒大蒜和加西红柿这些程序,你不觉得根本没有你说的'本人秘制'那么厉害吗?大家平时都这样做吧。加可可粉应该是从哪个漫画上现学现卖的吧。你不觉得男人动不动就爱玩这个吗?"千智捏起一块零食说道。

"千儿,你怎么这样啊?你头一次吃的时候就说:

'真好吃、真好吃,从来没吃过这么好吃的咖喱。'都激动得哭了呢!"

"我没哭哦!怎么会哭呢?而且那个叫……怎么说呢?就是礼貌嘛!你懂的啦!那还是咱俩刚开始交往的时候呀!"

"不过呢,小华,我做的咖喱绝对比这个人做的要好吃哦!千儿做的咖喱,你吃过吗?真正的美味可不是那样的哦!"

"哎,抱歉,请帮我递一下餐巾纸。"我因为从寒冷的环境中走来,突然进了暖和的房间,鼻涕就流出来了。千智递来餐巾纸盒,我抽出两三张,然后猛地擤了一下鼻子。我的双眼立刻涌出液体,连自己都吓了一跳。我笑着说:"刚才在外边太冷了,啊哈哈!"然后,我又抽出面巾纸擤了鼻涕,趁机悄悄擦了擦双眼。尽管如此,眼泪还是像嘲弄我一般地落下来。"哇!怎么搞的?是不是洋葱汁溅到眼睛里啦?"我从餐巾纸缝间瞟了一眼,只见千智和阵内惊讶地从左右两侧盯着我。这时我再也忍不住了,就把脸埋在刚擤过鼻涕的餐巾纸中哭了起来。一时间涕泗滂沱，相映成趣。我抱着餐巾纸盒，不时地擤鼻擦泪。

"你这是怎么啦，小华？"千智战战兢兢地问道，"是不是碰到什么痛苦的事情了？"

"不，可能真的是眼里灌满洋葱汁了。"阵内发出颤颤巍巍的声音。

"所以我说别做什么咖喱嘛！本来大过年的就不能吃什么咖喱之类的穷酸东西！"

"可电视广告里不是也说了吗？'吃完年夜饭吃咖喱'什么的。"

"就是因为总有人被广告忽悠，日本才永远没起色哦！"

"说什么呢？这话太奇怪啦！哎……我……那个……去搅一搅咖喱。熬煳了可不行。"阵内说完就逃了出去。

"哎，我呀……"我依然用餐巾纸捂着脸说道。

"你说！你说！"千智盯着我，格外亲切地点头附和。

"只有我自己哦……连一点儿变化都没有！千智，我什么都没有呀！大家都做到人手一个，而且都向前迈进了一步，可只有我总是两手空空，原地瞎扑腾呢！"

千智的新居如此杂乱无章，使我想起年前各个屋角积了灰尘的老家，想起了那般闹闹哄哄、傻里傻气的老家，还有母亲曾经希望得到的东西。眼前这个狭窄、破旧、不太符合千智个性的空间，也是千智希望并已得到的东西。我们曾一同前行，目光只是追逐自己想要的、渴求的、遥远将来的东西，只是反复讨论理想并一同前行。然而，不知从何时起，大家都知晓了获取目标的方法，并稳稳地握在手中。正像母亲经年累月创建了那个空间，大家也在逐步地获取属于自己的空间。千智、贵理惠和她周围的女人们，奈惠、武田君、成为武田君妻子的人、小金等，除我以外的所有人。为了用称心如意的家具填满新居，搬家后已过两个月了，依旧是摆满纸箱的临时房间。这个房间就是我没能找到任何称心如意的东西，甚至连临时凑合的东西都没能选好的临时房间。

"小华,这又不是检查你的携带物品,看看哪个有哪个没有。"千智依然盯着我的脸,用憋着笑的声音说道,"咱们既不是在检查携带物品,也不是在决定高低贵贱哦!事到如今都明白了吧?我不也还是一无所有吗?"

"我的生意也不顺利,恋爱也连个眉目还没有呢!"我继续说道。这话一经说出,我就真的感到自己一无所有。"千智的生意一帆风顺,而且不是还有男人给你做咖喱吗?"我意识到自己这样说太孩子气,但这确实是我的真心话。千智不是已经拥有了吗?而我却没有嘛!我当时为什么没能向千智实话实说呢?现在我已经完全清楚了,因为我不想被千智猜透自己的心思,不想被千智识破自己就像那间家徒四壁的新居般一无所有。

"做咖喱饭的男人不是我的,连这个乱七八糟的房间也不归我所有哦!小华,你不记得你在我的婚礼上致辞时说的话了吗?你不是说我从今往后要做无聊透顶的事情了吗?我早就认为你说得没错儿,所以才想到新居要搬到这种破旧房子里来,蜜月旅行也只去趟伊豆就可以了嘛！"

"可毕竟还是下定决心做无聊透顶的事儿了。"

"布绘本，不顺利吗？"千智窥视着垂下头的我问道。语气就和那次一样像大姐姐似的。

"倒也不是不顺利啦！只是贵理惠说要把那个拿去印刷出版呢！我吧……"说到这里我停顿一下擤擤鼻涕，感到鼻子下面微微刺痛，"我吧，喜欢贵理惠，觉得她特别酷，是个了不起的人才，可是，我实在跟不上她的节奏呀！贵理惠不管什么事情都要做得很有意义。我不想让布绘本只做普通的出版发行，而要做得更加简明易懂、更加艳丽，争取得到稳定的收益嘛！"我一边说一边想到，虽然我俩做的业务方向不同，但千智应该也持有同样的理念。当初下定决心创建二手名牌货商店的千智也是希望持续向前发展，而我也是跟不上她的节奏。"我无论如何都做不到那样向前再向前、加码再加码地进步。倒不是我选择了不进步，只是做不到而已嘛！"在确定出版布绘本时，我就已经看到将来的情景。贵理惠也会像千智这样，自顾自地一往无前吧。

而跟不上节奏的我就只能咬着手指，脸上露出被甩掉的怨恨表情继续目送她的背影吧。

"每个人都有自己的节奏哦……"千智欲言又止，"啊，烦死了！"她笑着站起身来。

"不管到了多大年纪，你终归是你，所以再怎么跟别人比都没用哦！就在你左顾右盼观望别人的时候，已经不知不觉地变成大妈喽！"千智一边往厨房走一边喊道。

我再次擤擤鼻涕，然后用手背使劲地蹭蹭眼皮。眼泪止住了，只有鼻涕还在不停地流。我"唉——"地长叹一声，小小的鼻涕泡膨胀起来并瞬间破灭。

"你瞧，可以吃啦！小华别再郁闷啦！来帮忙端饭！"千智在厨房里叫我。

我摇晃着站起身来，走进因摆着餐桌而变窄的厨房，时而侧身、时而斜身地接过千智递来的玻璃杯、沙拉菜钵和勺子，并把它们送到被炉桌上。在来回端饭菜的过程中，我对自己哭得一把鼻涕一把眼泪感到很难为情，竟嘿嘿地笑了起来。

"千智,你把我当成这家里的孩子吧!"我在走廊里向错身而过的千智说道。

"你肯定是过早地得了更年期综合征啦!"千智用臂肘碰碰我说道,然后端着冒热气的咖喱盘子走向客厅。

虽然阵内和千智说要送我到车站,但我婉拒后独自走出了千智的家门。他俩并排站在玄关外,背对着从玄关漏出来的灯光一起挥手。五十四岁和三十八岁的新婚夫妻,看上去既像外人,又像年幼的留守兄妹。

我走了几步再回头看时却已不见两人的身影,玄关门紧闭。客厅的灯光宛如布料般铺向庭院,把车道染成了淡淡的橙色。我走在昏暗的住宅区街道上,看到有的人家亮着灯,有的人家已经灯熄人静。

虽然千智说她自己也不拥有任何东西,但我觉得她依然拥有我所没有的东西。贵理惠也拥有我所没有的东西,武田君也拥有我所没有的东西。如此想来,我再次意识到其实自己比任何人都一无所有。别说结婚的计划，甚至连个恋人都没有。布绘本的生意不知能不能长久，搬进新居后连餐桌还没买。我只有一个商店，虽然勉强不出赤字，但仍难保不会关门。而且，如果千智撤出的话，我独自一人恐怕会维持不下去。

我停下脚步，被沉沉寂谧笼罩着。亮着灯的人家和黑灯瞎火的人家在左右两侧长长延伸，此时我才发现这是我完全陌生的城区。就这样一直向前走能到车站吗？我突然心中惶恐不安，来时只顾跟着千智走，对沿途景物根本没注意看。

"我这是在干什么呀？"我向寂谧中吐闷气似的嘟囔道。我不清楚该朝哪个方向走。虽然端出"人生的岔路口"这种比喻太夸张，可我此时确实处于这种状况之中。本来叫千智送送我就好了，而我却满不在乎地独自走到这里，而独自一人走路心里又忐忑不安。这就是我，极为惹人生厌的我。

"唉，也罢。继续前行，到哪儿算哪儿吧！"我自言自语，随即继续走在寂静的住宅区街道上。路上一个行人都没有，只能听到自己咯吱咯吱的脚步声。不远的前方就有信号灯，忽然从红色变成了绿色，我赶紧向前跑去，想过人行横道。可是，在我到达之前，绿灯却闪了几下忽地变成了红灯。我扶着生锈的护栏耸动肩膀喘着粗气。

我凝眸向车辆穿梭的对面望去，看到一面太阳旗模糊地飘浮在黑暗中。在卷闸门紧闭的商业街上，只有那里有块闪光的招牌。那是百元店！啊，没错儿，就是这条路，一直走肯定能到车站。信号灯再次变成绿色，在两侧车灯的照射中，我走过了人行横道。

每个人都只能成为自己吗？我在经过百元商店门前时停下脚步，嘴里嘟囔着千智说过的话。她在婚礼现场的身影自然而然地浮现在眼前。我觉得，成熟而美丽的千智在百元店买东西以及对阵内的秘制咖喱无聊地大发议论时，也显得成熟而美丽。每个人都只能成为自己，这一定是千智在日常的某个方面学到的吧。不管是赢是输，也不管多么富有，都与生存丝毫无关。

我像被亮堂堂的荧光灯招引似的走进百元店。有个年轻女子聚精会神地凝视着化妆品，有个身穿大衣的中年男子仔细地审视着小食品的成分表。我没有把视线停留在琳琅满目的商品上，而是走向餐具货架并再次伸手拿起刚才看过的马克杯。我曾下定决心，只买称心如意的东西，把自己的房间布置得像贵理惠工作室那样酷，坚决不要廉价凑合的东西。可是，这种决心和劲头真是我自己的吗？会不会只是产生了某种错觉，把并不存在的某个人的价值观当成自己的了？

我频频打量这个马克杯。如果每天把这种着实粗陋的杯子拿在手里端详，会有一天产生珍爱之情吗？会感觉到它对自己很重要吗？与其说我想要这个马克杯，不如说我想知道这个问题的答案。

我从货架上轻轻取下马克杯，然后走向收银台。看到收银台没人，我就喊了声："有人吗？"可还是没动静。我又放大声音喊了几次，并感到自己无论如何都要买这个马克杯了。我甚至想，要是店员不出来，我就顺手牵羊把它带走。

终于，从里屋走出一位系着围裙的女子，打了小票并说："一百零五日元。"我付过钱，接过装了马克杯的购物袋走出店外。

仅仅装了一个马克杯的塑料袋很轻,我一边抢着它一边走。虽然一个马克杯很小,心里却有一种买了大件商品的兴奋感。

太阳旗在黑暗中突然纹丝不动。我把双手插进衣兜,听着自己的脚步声向前走去。我想象着在尚未添置任何用品的新居中摆上这个廉价马克杯的情景,从脚底油然升起忍俊不禁的感觉。于是,我哈地发声一笑,呼气就在鼻尖前变成白雾散开。

是呀!我大可不必哀叹空无一物的新居。因为从今往后,我可以尽情地添置仼何物件。不管是一百日元还是一百万日元,我完全可以毫不顾忌他人的目光,入手就好。我忽然停下脚步,把视线投向展开的手掌,就像那间新居一样,没有抓到任何物件的手掌空空如也,虚渺无靠地浮现在昏暗中。什么都没抓到,什么都不拥有,这也就意味着今后什么都能抓到。如果抓错了就放手再去抓别的,并且要坚持反复尝试,哪怕仅仅获取一件堪称自己拥有的东西,不也很值得庆幸吗?

哪怕到了六十岁才拥有，也没什么不好。

哎，是这样吧？一定是这样。我既不是母亲、千智，也不是贵理惠、武田君，我这样对自己做了鉴定。我把双手插在衣兜里，把视线从纹丝不动的太阳旗上移向上方，暗无天光的正月夜空显得比平时更加深邃，稀疏零散的星辰发出比平时更加明亮的光辉。